U0134344

野草

魯迅 著

劉峴 圖

劉峴插圖本

目錄

本書收魯迅先生一九二四年至一九二六年所作散文詩二十三篇。一九二七年七月由北京北新書局出初版，列為魯迅所編的《烏合叢書》之一。魯迅生前共印行十二版次。

鲁迅像

野草之圖

題辭[1]

當我沉默着的時候，我覺得充實；我將開口，同時感到空虛。[2]

過去的生命已經死亡。我對於這死亡有大歡喜[3]，因為我借此知道它曾經存活。死亡的生命已經朽腐。我對於這朽腐有大歡喜，因為我借此知道它還非空虛。

生命的泥委棄在地面上，不生喬木，只生野草，這是我的罪過。

野草，根本不深，花葉不美，然而吸取露，吸取水，吸取陳死人[4]的血和肉，各各奪取它的生存。當生存時，還是將遭踐踏，將遭刪刈，直至於死亡而朽腐。

但我坦然，欣然。我將大笑，我將歌唱。

我自愛我的野草，但我憎惡這以野草作裝飾的地面[5]。

地火在地下運行，奔突；熔岩一旦噴出，將燒盡一切野草，以及喬木，於是並且無可朽腐。

但我坦然，欣然。我將大笑，我將歌唱。

天地有如此靜穆，我不能大笑而且歌唱。天地即不如此靜穆，我或者也將不能。我以這一叢野草，在明與暗，生與死，過去與未來之際，獻於友與仇，人與獸，愛者與不愛者之前作證。

為我自己，為友與仇，人與獸，愛者與不愛者，我希望這野草的死亡與朽腐，火速到來。要不然，我先就未曾生存，這實在比死亡與朽腐更其不幸。

去罷，野草，連着我的題辭！

一九二七年四月二十六日
魯迅記於廣州之白雲樓[6]上

1 本篇最初發表於一九二七年七月二日北京《語絲》週刊第一三八期，在本書最初幾次印刷時都曾印入；一九三一年五月上海北新書局印第七版時被國民黨書報檢查機關抽去，一九四一年上海魯迅全集出版社出版《魯迅三十年集》時才重新收入。

本篇作於廣州，當時正值國民黨在上海發動「四一二」「清黨」反共政變和廣州發生「四一五」大屠殺後不久，它反映了作者在險惡環境下的悲憤心情。

《野草》所收的二十三篇散文詩，都作於北洋軍閥統治下的北京。作者在一九三二年回憶說：「後來《新青年》的團體散掉了，有的高升，有的退隱，有的前進，我又經驗了一回同一戰陣中的夥伴還是會這麼變化，並且落得一個『作家』的頭銜，依然在沙漠中走來走去，不過已經逃不出在散漫的刊物上做文字，叫作隨便談談。有了小感觸，就寫些短文，誇大點說，就是散文詩，以後印成一本，謂之《野草》。」（《南腔北調集．〈自選集〉自序》）又在一九三四年十月九日致蕭軍信中說：「我的那一本《野草》，技術並不算壞，但心情太頹唐了，因為那是我碰了許多釘子之後寫出來的。」其中某些篇的文字較隱晦，據作者後來解釋：「因為那時難於直說，所以有時措辭就很含糊了。」（《二心集．〈野草〉英文譯本序》）

2 一九二七年九月二十三日，作者在廣州作的《怎麼寫》（後收入《三閒集》）一文中，曾描繪過他的這種心情：「我靠了石欄遠眺，聽得自己的心音，四遠還彷彿有無量悲哀，苦惱，零落，死滅，都雜入這寂靜中，使它變成藥酒，加色，加味，加香。這時，我曾經想要寫，但是不能寫，無從寫。這也就是我所謂『當我沉默着的時候，我覺得充實，我將開口，同時感到空虛』。」

3 大歡喜：佛家語，指達到目的而感到極度滿足的一種境界。

4 陳死人：指死去很久的人。見《古詩十九首．驅車上東門》：「驅車上東門，遙望郭北墓。……下有陳死人，杳杳即長暮。……」

5 地面：比喻黑暗的舊社會。作者曾說，《野草》中的作品「大半是廢弛的地獄邊沿的慘白色小花」。（《〈野草〉英文譯本序》）

6 白雲樓：在廣州東堤白雲路。據魯迅日記，一九二七年三月二十九日，作者由中山大學「移居白雲路白雲樓二十六號二樓」。

地火在地下運行，奔突；熔岩一旦噴出，
將燒盡一切野草，以及喬木……

秋夜

[1]

在我的後園，可以看見牆外有兩株樹，一株是棗樹，還有一株也是棗樹。

這上面的夜的天空，奇怪而高，我生平沒有見過這樣的奇怪而高的天空。他彷彿要離開人間而去，使人們仰面不再看見。然而現在卻非常之藍，閃閃地映着幾十個星星的眼，冷眼。他的口角上現出微笑，似乎自以為大有深意，而將繁霜灑在我的園裏的野花草上。

我不知道那些花草真叫甚麼名字，人們叫他們甚麼名字。我記得有一種開過極細小的粉紅花，現在還開着，但是更極細小了，她在冷的夜氣中，瑟縮地做夢，夢見春的到來，夢見秋的到來，夢見瘦的詩人將眼淚擦在她最末的花瓣上，告訴她秋雖然來，冬雖然來，而此後接着還是春，蝴蝶亂飛，蜜蜂都唱起春詞來了。她於是一笑，雖然顏色凍得紅慘慘地，仍然瑟縮着。

棗樹，他們簡直落盡了葉子。先前，還有一兩個孩子來打他們別人打剩的棗子，現在是一個也不剩了，連葉子也落盡了。他知道小粉紅花的夢，秋後要有春；他也知道落葉的夢，春後還是秋。他簡直落盡葉子，單剩幹子，然而脫了當初滿樹是果實和葉子時候的弧形，欠伸得很舒服。但是，有幾枝還低亞着，護定他從打棗的竿梢所得的皮傷，而最直最長的幾枝，卻已默默地鐵似的直刺着奇怪而高的天空，使天空閃閃地鬼䀹眼；直刺着天空中圓滿的月亮，使月亮窘得發白。

鬼䀹眼的天空越加非常之藍，不安了，彷佛想離去人間，避開棗樹，只將月亮剩下。然而月亮也暗暗地躲到東邊去了。而一無所有的幹子，卻仍然默默地鐵似的直刺着奇怪而高的天空，一意要制他的死命，不管他各式各樣地䀹着許多蠱惑的眼睛。

哇的一聲，夜遊的惡鳥飛過了。

我忽而聽到夜半的笑聲，吃吃地，似乎不願意驚動睡着的人，然而四圍的空氣都應和着笑。夜半，沒有別的人，我即刻聽出這聲音就在我嘴裏，我也即刻被這笑聲所驅逐，回進自己的房。燈火的帶子也即刻被我旋高了。

後窗的玻璃上叮叮地響，還有許多小飛蟲亂撞。不多久，幾個進來了，許是從窗紙的破孔進來的。他們一進來，又在玻璃的燈罩上撞得叮叮地響。一個從上面撞進去了，他於是遇到火，而且我以為這火是真的。兩三個卻休息在燈的紙罩上喘氣。那罩是昨晚新換的罩，雪白的紙，摺出波浪紋的疊痕，一角還畫出一枝猩紅色的梔子[2]。

猩紅的梔子開花時，棗樹又要做小粉紅花的夢，青葱地彎成弧形了……。我又聽到夜半的笑聲；我趕緊砍斷我的心緒，看那老在白紙罩上的小青蟲，頭大尾小，向日葵子似的，只有半粒小麥那麼大，遍身的顏色蒼翠得可愛，可憐。

我打一個呵欠，點起一支紙煙，噴出煙來，對着燈默默地敬奠這些蒼翠精緻的英雄們。

一九二四年九月十五日

1 本篇最初發表於一九二四年十二月一日《語絲》週刊第三期。

2 猩紅色的梔子：梔子，一種常綠灌木，夏日開花，一般為白色或淡黃色；紅梔子花是罕見的品種。據《廣群芳譜》卷三十八引《萬花谷》載：「蜀孟昶十月宴芳林園，賞紅梔子花；其花六出而紅，清香如梅。」

然而月亮也暗暗地躲到東邊去了。

影的告別[1]

人睡到不知道時候的時候，就會有影來告別，說出那些話——

有我所不樂意的在天堂裏，我不願去；有我所不樂意的在地獄裏，我不願去；有我所不樂意的在你們將來的黃金世界裏，我不願去。

然而你就是我所不樂意的。

朋友，我不想跟隨你了，我不願住。

我不願意！

嗚乎嗚乎，我不願意，我不如彷徨於無地。

我不過一個影，要別你而沉沒在黑暗裏了。然而黑暗又會吞併我，然而光明又會使我消失。

然而我不願彷徨於明暗之間，我不如在黑暗裏沉沒。

然而我終於彷徨於明暗之間，我不知道是黃昏還是黎明。我姑且舉灰黑的手裝作喝乾一杯酒，我將在不知道時候的時候獨自遠行。

嗚乎嗚乎，倘若黃昏，黑夜自然會來沉沒我，否則我要被白天消失，如果現是黎明。

朋友，時候近了。

我將向黑暗裏彷徨於無地。

你還想我的贈品。我能獻你甚麼呢？無已，則仍是黑暗和虛空而已。但是，

朋友，時候近了。

我願意只是黑暗，或者會消失於你的白天；我願意只是虛空，決不佔你的心地。

我願意這樣，朋友——

我獨自遠行，不但沒有你，並且再沒有別的影在黑暗裏。只有我被黑暗沉沒，那世界全屬於我自己。

一九二四年九月二十四日

1 本篇最初發表於一九二四年十二月八日《語絲》週刊第四期。一九二五年三月十八日作者在給許廣平的信中曾說：「我的作品，太黑暗了，因為我常覺得唯『黑暗與虛無』乃是『實有』，卻偏要向這些作絕望的抗戰，所以很多着偏激的聲音。其實這或者是年齡和經歷的關係，也許未必一定的確的，因為我終於不能證實：唯黑暗與虛無乃是實有。」

求乞者[1]

我順着剝落的高牆走路，踏着鬆的灰土。另外有幾個人，各自走路。微風起來，露在牆頭的高樹的枝條帶着還未乾枯的葉子在我頭上搖動。

微風起來，四面都是灰土。

一個孩子向我求乞，也穿着夾衣，也不見得悲戚，而攔着磕頭，追着哀呼。

我厭惡他的聲調，態度。我憎惡他並不悲哀，近於兒戲；我煩厭他這追着哀呼。

我走路。另外有幾個人各自走路。微風起來，四面都是灰土。

一個孩子向我求乞，也穿着夾衣，也不見得悲戚，但是啞的，攤開手，裝着手勢。

我就憎惡他這手勢。而且，他或者並不啞，這不過是一種求乞的法子。

我不佈施，我無佈施心，我但居佈施者之上，給與煩膩，疑心，憎惡。

我順着倒敗的泥牆走路，斷磚疊在牆缺口，牆裏面沒有甚麼。微風起來，送秋寒穿透我的夾衣；四面都是灰土。

我想着我將用甚麼方法求乞：發聲，用怎樣聲調？裝啞，用怎樣手勢？……

另外有幾個人各自走路。

我將得不到佈施，得不到佈施心；我將得到自居於佈施之上者的煩膩，疑心，憎惡。

我將用無所為和沉默求乞……

我至少將得到虛無。

微風起來，四面都是灰土。另外有幾個人各自走路。

我憎惡他並不悲哀，近於兒戲；我煩厭他這追着哀呼。

灰土，灰土，……

……

灰土……

一九二四年九月二十四日

1 本篇最初發表於一九二四年十二月八日《語絲》週刊第四期。

我的失戀[1]——擬古的新打油詩[2]

我的所愛在山腰；
想去尋她山太高，
低頭無法淚沾袍。
愛人贈我百蝶巾；
回她甚麼：貓頭鷹。
從此翻臉不理我，
不知何故兮使我心驚。

我的所愛在鬧市；

想去尋她人擁擠，
仰頭無法淚沾耳。
愛人贈我雙燕圖；
回她甚麼：冰糖壺盧[3]。
從此翻臉不理我，
不知何故兮使我糊塗。

我的所愛在河濱；

想去尋她河水深，
歪頭無法淚沾襟。
愛人贈我金表索；

雙燕圖

回她甚麼：發汗藥。
從此翻臉不理我，
不知何故兮使我神經衰弱。

我的所愛在豪家；
想去尋她兮沒有汽車，
搖頭無法淚如麻。
愛人贈我玫瑰花；
回她甚麼：赤練蛇[4]。
從此翻臉不理我，
不知何故兮——由她去罷。

一九二四年十月三日

1 本篇最初發表於一九二四年十二月八日《語絲》週刊第四期。作者在《〈野草〉英文譯本序》中說：「因為諷刺當時盛行的失戀詩，作《我的失戀》。」在《三閒集．我和〈語絲〉的始終》一文中談到本篇時說：「不過是三段打油詩，題作《我的失戀》，是看見當時『阿呀阿唷，我要死了』之類的失戀詩盛行，故意做一首用『由她去罷』收場的東西，開開玩笑的。這詩後來又添了一段，登在《語絲》上。」

2 擬古的新打油詩：擬古，這裏是模擬東漢文學家、天文學家張衡的《四愁詩》的格式。《四愁詩》共四首，每首都以「我所思兮在ＸＸ」開始，而以「何為懷憂心ＸＸ」作結，故稱「四愁」。最早見於南朝梁昭明太子蕭統所編的《文選》第二十九卷。打油詩，傳說唐代人張打油所作的詩常用俚語，且故作詼諧，有時暗含嘲諷，被稱為打油詩。

3 冰糖壺盧：即冰糖葫蘆，用山楂等果品蘸以糖汁製成的一種食品。據清末富察敦崇編著的《燕京歲時記》載：「冰糖壺盧，乃用竹籤貫以葡萄、山藥豆、海棠果、山裏紅等物，蘸以冰糖，甜脆而涼。」

4 赤練蛇：一作赤鏈蛇，生活於山林或草澤地區。頭黑色，鱗片邊緣暗紅色；體背黑褐色，有紅色窄橫紋。無毒。

復仇[1]

人的皮膚之厚，大概不到半分，鮮紅的熱血，就循着那後面，在比密密層層地爬在牆壁上的槐蠶[2]更其密的血管裏奔流，散出溫熱。於是各以這溫熱互相蠱惑，煽動，牽引，拚命地希求偎倚，接吻，擁抱，以得生命的沉酣的大歡喜。

但倘若用一柄尖銳的利刃，只一擊，穿透這桃紅色的，菲薄的皮膚，將見那鮮紅的熱血激箭似的以所有溫熱直接灌溉殺戮者；其次，則給以冰冷的呼吸，示以淡白的嘴唇，使之人性茫然，得到生命的飛揚的極致的大歡喜；而其自身，則永遠沉浸於生命的飛揚的極致的大歡喜中。

這樣，所以，有他們倆裸着全身，捏着利刃，對立於廣漠的曠野之上。

他們倆將要擁抱，將要殺戮……

路人們從四面奔來，密密層層地，如槐蠶爬上牆壁，如螞蟻要扛鯗頭[3]。衣服都漂亮，手倒空的。然而從四面奔來，而且拚命地伸長頸子，要賞鑒這擁抱或殺戮。他們已經豫覺着事後的自己的舌上的汗或血的鮮味。

然而他們倆對立着，在廣漠的曠野之上，裸着全身，捏着利刃，然而也不擁抱，也不殺戮，而且也不見有擁抱或殺戮之意。

他們倆這樣地至於永久，圓活的身體，已將乾枯，然而毫不見有擁抱或殺戮之意。

路人們於是乎無聊；覺得有無聊鑽進他們的毛孔，覺得有無聊從他們自己的心中由毛孔鑽出，爬滿曠野，又鑽進別人的毛孔中。他們於是覺得喉舌乾燥，脖子也乏了；終至於面面相覷，慢慢走散；甚而至於居然覺得乾枯到失了生趣。

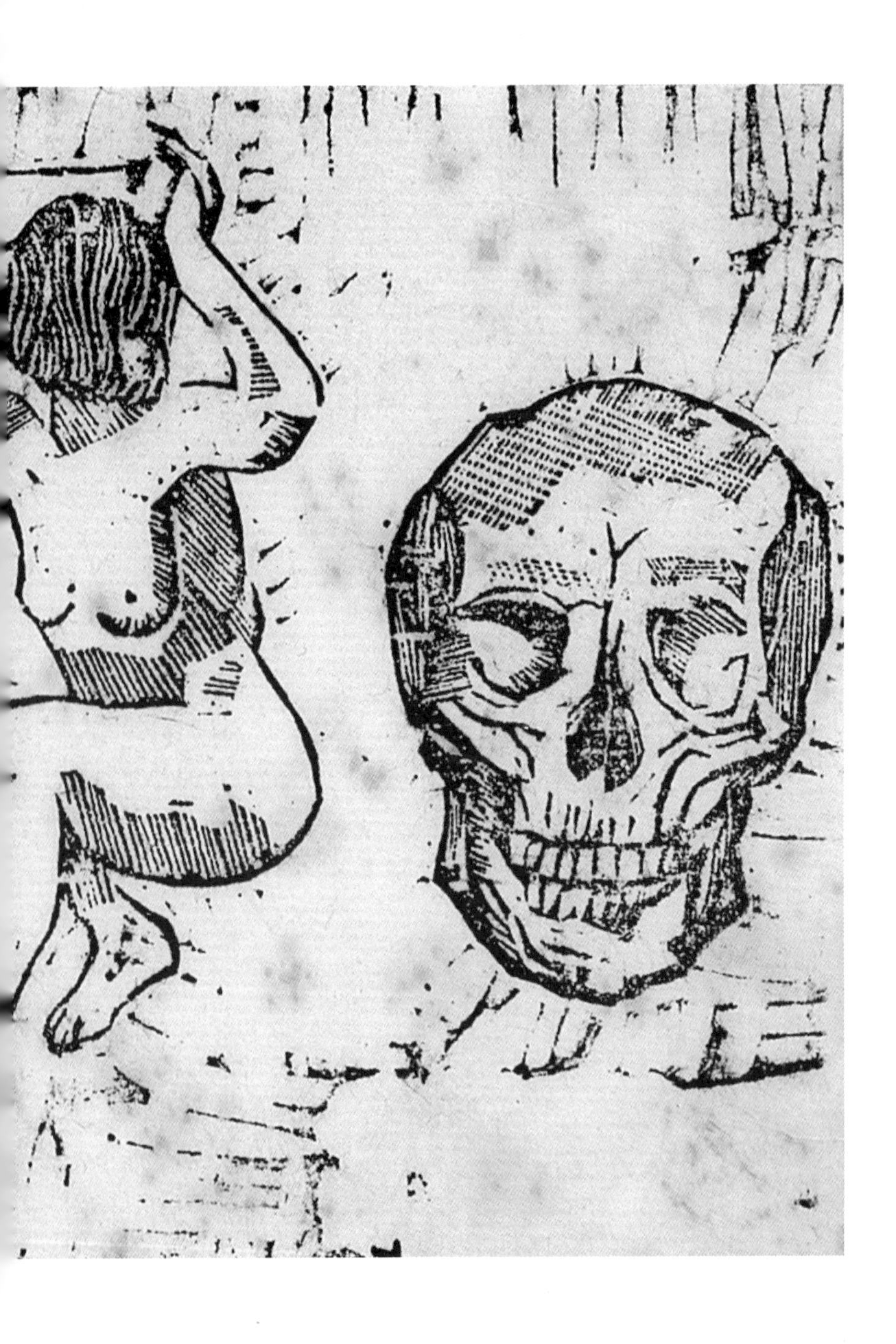

有他們倆裸着全身，捏着利刃，對立於廣漠的曠野之上。

於是只剩下廣漠的曠野，而他們倆在其間裸着全身，捏着利刃，乾枯地立着；以死人似的眼光，賞鑒這路人們的乾枯，無血的大戮，而永遠沉浸於生命的飛揚的極致的大歡喜中。

一九二四年十二月二十日

1 本篇最初發表於一九二四年十二月二十九日《語絲》週刊第七期。作者在《〈野草〉英文譯本序》中說：「因為憎惡社會上旁觀者之多，作《復仇》第一篇。」又在一九三四年五月十六日致鄭振鐸信中說：「不動筆誠然最好。我在《野草》中，曾記一男一女，持刀對立曠野中，無聊人競隨而往，以為必有事件，慰其無聊，而二人從此毫無動作，以致無聊人仍然無聊，至於老死，題曰《復仇》，亦是此意。但此亦不過憤激之談，該二人或相愛，或相殺，還是照所欲而行的為是。」

2 槐蠶：一種生長在槐樹上的蛾類的幼蟲。

3 鮝頭：即魚頭；江浙等地俗稱乾魚、臘魚為鮝。

復仇（其二）[1]

因為他自以為神之子，以色列的王[2]，所以去釘十字架。

兵丁們給他穿上紫袍，戴上荊冠，慶賀他；又拿一根葦子打他的頭，吐他，屈膝拜他；戲弄完了，就給他脫了紫袍，仍穿他自己的衣服。[3]

看哪，他們打他的頭，吐他，拜他……

他不肯喝那用沒藥[4]調和的酒，要分明地玩味以色列人怎樣對付他們的神之子，而且較永久地悲憫他們的前途，然而仇恨他們的現在。

四面都是敵意，可悲憫的，可咒詛的。

叮叮地響，釘尖從掌心穿透，他們要釘殺他們的神之子了，可憫的人們呵，使他痛得柔和。叮叮地響，釘尖從腳背穿透，釘碎了一塊骨，痛楚也透到心髓中，然而他們自己釘殺着他們的神之子了，可咒詛的人們呵，這使他痛得舒服。

十字架豎起來了；他懸在虛空中。

他沒有喝那用沒藥調和的酒，要分明地玩味以色列人怎樣對付他們的神之子，而且較永久地悲憫他們的前途，然而仇恨他們的現在。

路人都辱罵他，祭司長和文士也戲弄他，和他同釘的兩個強盜也譏誚他。[5]看哪，和他同釘的……

四面都是敵意，可悲憫的，可咒詛的。

他在手足的痛楚中，玩味着可憫的人們的釘殺神之子的悲哀和可咒詛的人們要釘殺神之子，而神之子就要被釘殺了的歡喜。突然間，碎骨的大痛楚透到心髓了，他即沉酣於大歡喜和大悲憫中。

他腹部波動了，悲憫和咒詛的痛楚的波。

遍地都黑暗了。

「以羅伊，以羅伊，拉馬撒巴各大尼?!」

「以羅伊，以羅伊，拉馬撒巴各大尼?!」（翻出來，就是：我的上帝，你為甚麼離棄我?!）[6]

上帝離棄了他，他終於還是一個「人之子」；然而以色列人連「人之子」都釘殺了。

釘殺了「人之子」的人們的身上，比釘殺了「神之子」的尤其血污，血腥。

一九二四年十二月二十日

1 本篇最初發表於一九二四年十二月二十九日《語絲》週刊第七期。文中關於耶穌被釘十字架的事，是根據《新約全書》中的記載。

2 以色列的王：即猶太人的王。據《新約全書．馬可福音》第十五章載：「他們帶耶穌到了各各他地方（各各他翻出來就是髑髏地），……於是將他釘在十字架上，……在上面有他的罪狀，寫的是猶太人的王。」

3 關於耶穌被釘十字架的情況，據《馬可福音》第十五章載：「……將耶穌鞭打了，交給人釘十字架。……他們給他穿上紫袍，又用荊棘編做冠冕給他戴上，就慶賀他說：恭喜，猶太人的王啊！又拿一根葦子打他的頭，吐唾沫在他臉上，屈膝拜他。戲弄完了，就給他脫了紫袍，仍穿上他自己的衣服，帶他出去，要釘十字架。」

4 沒藥（myrrh）：藥名，一作末藥，梵語音譯。由沒藥樹樹皮中滲出的脂液凝結而成。有鎮靜、麻醉等作用。《馬可福音》第十五章有兵丁拿沒藥調和的酒給耶穌，耶穌不受的記載。

5 據《馬可福音》第十五章載：「他們又把兩個強盜和他同釘十字架，一個在右邊，一個在左邊。從那裏經過的人辱罵他，搖着頭說：咳！你這拆毀聖殿、三日又建造起來的，可以救自己，從十字架上下來吧！祭司長和文士也是這樣戲弄他，彼此說：他救了別人，不能救自己。以色列的王基督，現在可以從十字架上下來，叫我們看見，就信了。那和他同釘的人也是譏誚他。」祭司長，古猶太教管祭祀的人；文士，宣講古猶太法律，兼記錄和保管官方檔的人。他們同屬上層統治階級。

6 關於耶穌臨死前的情況，據《馬可福音》第十五章載：「從午正到申初，遍地都黑暗了。申初的時候，耶穌大聲喊着說：以羅伊！以羅伊！拉馬撒巴各大尼？翻出來就是：我的神！我的神！為甚麼離棄我？……氣就斷了。」

希望[1]

我的心份外地寂寞。

然而我的心很平安：沒有愛憎，沒有哀樂，也沒有顏色和聲音。

我大概老了。我的頭髮已經蒼白，不是很明白的事麼？我的手顫抖着，不是很明白的事麼？那麼，我的魂靈的手一定也顫抖着，頭髮也一定蒼白了。

然而這是許多年前的事了。

這以前，我的心也曾充滿過血腥的歌聲：血和鐵，火焰和毒，恢復和報仇。而忽而這些都空虛了，但有時故意地填以沒奈何的自欺的希望。希望，希望，用這希望的盾，抗拒那空虛中的暗夜的襲來，雖然盾後面也依然是空虛中的暗夜。然而就是如此，陸續地耗盡了我的青春。[2]

我早先豈不知我的青春已經逝去了？但以為身外的青春固在：星，月光，僵墜的蝴蝶，暗中的花，貓頭鷹的不祥之言，杜鵑[3]的啼血，笑的渺茫，愛的翔舞……。雖然是悲涼縹渺的青春罷，然而究竟是青春。

然而現在何以如此寂寞？難道連身外的青春也都逝去，世上的青年也多衰老了麼？

我只得由我來肉薄這空虛中的暗夜了。我放下了希望之盾，我聽到 Petőfi Sándor（1823-1849）[4]的「希望」之歌：

希望是甚麼？是娼妓：
她對誰都蠱惑，將一切都獻給；
待你犧牲了極多的寶貝——
你的青春——她就棄掉你。

這偉大的抒情詩人，匈牙利的愛國者，為了祖國而死在可薩克[5]兵的矛尖

希望，希望，用這希望的盾，抗拒那空虛中的暗夜的襲來……

上，已經七十五年了。悲哉死也，然而更可悲的是他的詩至今沒有死。

但是，可慘的人生！桀驁英勇如 Pet őfi Sándor，也終於對了暗夜止步，回顧着茫茫的東方了。他說：

絕望之為虛妄，正與希望相同。6

倘使我還得偷生在不明不暗的這「虛妄」中，我就還要尋求那逝去的悲涼縹渺的青春，但不妨在我的身外。因為身外的青春倘一消滅，我身中的遲暮也即凋零了。

然而現在沒有星和月光，沒有僵墜的蝴蝶以至笑的渺茫，愛的翔舞。然而青年們很平安。

我只得由我來肉薄這空虛中的暗夜了，縱使尋不到身外的青春，也總得自己來一擲我身中的遲暮。但暗夜又在哪裏呢？現在沒有星，沒有月光以至笑的渺茫和愛的翔舞；青年們很平安，而我的面前又竟至於並且沒有真的暗夜。

絕望之為虛妄，正與希望相同！

一九二五年一月一日

1 本篇最初發表於一九二五年一月十九日《語絲》週刊第十期。

作者在《〈野草〉英文譯本序》中說：「因為驚異於青年之消沉，作《希望》。」

2 作者在《南腔北調集．〈自選集〉自序》中說：「見過辛亥革命，見過二次革命，見過袁世凱稱帝，張勳復辟，看來看去，就看得懷疑起來，於是失望，頹唐得很了。……不過我卻又懷疑於自己的失望，因為我所見過的人們，事件，是有限得很的，這想頭，就給了我提筆的力量。『絕望之為虛妄，正與希望相同。』」

3 杜鵑：鳥名，亦名子規、杜宇，初夏時常晝夜啼叫。唐代陳藏器撰的《本草拾遺》說：「杜鵑鳥，小似鷂，鳴呼不已，出血聲始止。」

4 **Pet őfi Sándor**（裴多菲．山陀爾，一八二三—一八四九），匈牙利詩人、革命家。曾參加一八四八年反抗奧地利統治的民族革命戰爭，一八四九年在與協助奧國的沙俄軍隊作戰中犧牲。一說他在瑟什堡戰役中隨一批匈牙利士兵被俘，押至西伯利亞，約於一八五六年病卒。主要作品有《勇敢的約翰》、《民族之歌》等。這裏引的《希望》一詩，作於一八四五年。

5 可薩克：通譯哥薩克，原為突厥語，意思是「自由的人」或「勇敢的人」。他們原是俄羅斯的一部份農奴和城市貧民，十五世紀後半葉和十六世紀前半葉，因不堪封建壓迫，從俄國中部逃出，定居在俄國南部的庫班河和頓河一帶，自稱為「哥薩克人」。他們善騎戰，沙皇時代多入伍當兵。一八四九年沙皇俄國援助奧地利反動派，入侵匈牙利鎮壓革命，俄軍中即有哥薩克部隊。

6 絕望之為虛妄，正與希望相同這句話出自裴多菲一八四七年七月十七日致友人凱雷尼·弗里傑什的信：「……這個月的十三號，我從拜雷格薩斯起程，乘着那樣惡劣的駑馬，那是我整個旅程中從未碰見過的。當我一看到那些倒楣的駑馬，我吃驚得頭髮都豎了起來……我內心充滿了絕望，坐上了大車，……但是，我的朋友，絕望是那樣地騙人，正如同希望一樣。這些瘦弱的馬駒用這樣快的速度帶我飛馳到薩特瑪律來，甚至連那些靠燕麥和乾草飼養的貴族老爺派頭的馬也要為之讚賞。我對你們説過，不要只憑外表作判斷，要是那樣，你就不會獲得真理。」

雪[1]

暖國[2]的雨，向來沒有變過冰冷的堅硬的燦爛的雪花。博識的人們覺得他單調，他自己也以為不幸否耶？江南的雪，可是滋潤美艷之至了；那是還在隱約着的青春的消息，是極壯健的處子的皮膚。雪野中有血紅的寶珠山茶[3]，白中隱青的單瓣梅花，深黃的磬口的蠟梅花[4]；雪下面還有冷綠的雜草。蝴蝶確乎沒有；蜜蜂是否來採山茶花和梅花的蜜，我可記不真切了。但我的眼前彷彿看見冬花開在雪野中，有許多蜜蜂們忙碌地飛着，也聽得他們嗡嗡地鬧着。

孩子們呵着凍得通紅，像紫芽薑一般的小手，七八個一齊來塑雪羅漢。因為不成功，誰的父親也來幫忙了。羅漢就塑得比孩子們高得多，雖然不過是上小下大的一堆，終於分不清是壺盧還是羅漢；然而很潔白，很明艷，以自身的滋潤相黏結，整個地閃閃地生光。孩子們用龍眼核給他做眼珠，又從誰的母親的脂粉奩中偷得胭脂來塗在嘴唇上。這回確是一個大阿羅漢了。他也就目光灼灼地嘴唇通紅地坐在雪地裏。

第二天還有幾個孩子來訪問他；對了他拍手，點頭，嘻笑。但他終於獨自坐着了。晴天又來消釋他的皮膚，寒夜又使他結一層冰，化作不透明的水晶模樣；連續的晴天又使他成為不知道算甚麼，而嘴上的胭脂也褪盡了。

但是，朔方的雪花在紛飛之後，卻永遠如粉，如沙，他們決不黏連，撒在屋上，地上，枯草上，就是這樣。屋上的雪是早已就有消化了的，因為屋裏居人的火的溫熱。別的，在晴天之下，旋風忽來，便蓬勃地奮飛，在日光中燦燦地生光，如包藏火焰的大霧，旋轉而且升騰，瀰漫太空，使太空旋轉而且升騰地閃爍。

在無邊的曠野上，在凜冽的天宇下，閃閃地旋轉升騰着的是雨的精魂……

朔方的雪花在紛飛之後……撒在屋上，地上，枯草上……

是的，那是孤獨的雪，是死掉的雨，是雨的精魂。

一九二五年一月十八日

1 本篇最初發表於一九二五年一月二十六日《語絲》週刊第十一期。

2 暖國：指中國南方氣候溫暖的地區。

3 寶珠山茶：據《廣群芳譜》卷四十一載：「寶珠山茶，千葉含苞，歷幾月而放，殷紅若丹，最可愛。」

4 磬口的蠟梅花：據清代陳淏子撰《花鏡》卷三載：「圓瓣深黃，形似白梅，雖盛開如半含者，名磬口，最為世珍。」

風箏[1]

北京的冬季，地上還有積雪，灰黑色的禿樹枝丫叉於晴朗的天空中，而遠處有一二風箏浮動，在我是一種驚異和悲哀。

故鄉的風箏時節，是春二月，倘聽到沙沙的風輪[2]聲，仰頭便能看見一個淡墨色的蟹風箏或嫩藍色的蜈蚣風箏。還有寂寞的瓦片風箏，沒有風輪，又放得很低，伶仃地顯出憔悴可憐模樣。但此時地上的楊柳已經發芽，早的山桃也多吐蕾，和孩子們的天上的點綴相照應，打成一片春日的溫和。我現在在哪裏呢？四面都還是嚴冬的肅殺，而久經訣別的故鄉的久經逝去的春天，卻就在這天空中蕩漾了。

但我是向來不愛放風箏的，不但不愛，並且嫌惡他，因為我以為這是沒出息孩子所做的玩藝。和我相反的是我的小兄弟，他那時大概十歲內外罷，多病，瘦得不堪，然而最喜歡風箏，自己買不起，我又不許放，他只得張着小嘴，呆看着空中出神，有時至於小半日。遠處的蟹風箏突然落下來了，他驚呼；兩個瓦片風箏的纏繞解開了，他高興得跳躍。他的這些，在我看來都是笑柄，可鄙的。

有一天，我忽然想起，似乎多日不很看見他了，但記得曾見他在後園拾枯竹。我恍然大悟似的，便跑向少有人去的一間堆積雜物的小屋去，推開門，果然就在塵封的雜物堆中發見了他。他向着大方凳，坐在小凳上；便很驚惶地站了起來，失了色瑟縮着。大方凳旁靠着一個蝴蝶風箏的竹骨，還沒有糊上紙，凳上是一對做眼睛用的小風輪，正用紅紙條裝飾着，將要完工了。我在破獲秘密的滿足中，又很憤怒他的瞞了我的眼睛，這樣苦心孤詣地來偷做沒出息孩子的玩藝。我即刻伸手折斷了蝴蝶的一支翅骨，又將風輪擲在地下，踏扁了。論長幼，論力氣，他是都敵不過我的，我當然得到完全的勝利，於是傲然走出，留他絕望地站在小屋裏。後來他怎樣，我不知道，也沒有留心。

然而我的懲罰終於輪到了，在我們離別得很久之後，我已經是中年。我不幸偶而看了一本外國的講論兒童的書，才知道遊戲是兒童最正當的行為，玩具是兒童的天使。於是二十年來毫不憶及的幼小時候對於精神的虐殺的這一幕，忽地在眼前展開，而我的心也彷彿同時變了鉛塊，很重很重的墮下去了。

但心又不竟墮下去而至於斷絕，他只是很重很重地墮着，墮着。

我也知道補過的方法的：送他風箏，贊成他放，勸他放，我和他一同放。我們嚷着，跑着，笑着。——然而他其時已經和我一樣，早已有了鬍子了。

我也知道還有一個補過的方法的：去討他的寬恕，等他說，「我可是毫不怪你呵。」那麼，我的心一定就輕鬆了，這確是一個可行的方法。有一回，我們會面的時候，是臉上都已添刻了許多「生」的辛苦的條紋，而我的心很沉重。

北京的冬季，地上還有積雪……

我們漸漸談起兒時的舊事來，我便敍述到這一節，自說少年時代的糊塗。「我可是毫不怪你呵。」我想，他要說了，我即刻便受了寬恕，我的心從此也寬鬆了罷。

「有過這樣的事麼？」他驚異地笑着說，就像旁聽着別人的故事一樣。他甚麼也不記得了。

全然忘卻，毫無怨恨，又有甚麼寬恕之可言呢？無怨的恕，說謊罷了。

我還能希求甚麼呢？我的心只得沉重着。

現在，故鄉的春天又在這異地的空中了，既給我久經逝去的兒時的回憶，而一併也帶着無可把握的悲哀。我倒不如躲到肅殺的嚴冬中去罷，——但是，四面又明明是嚴冬，正給我非常的寒威和冷氣。

一九二五年一月二十四日

1 本篇最初發表於一九二五年二月二日《語絲》週刊第十二期。
2 風輪：風箏上能迎風轉動發聲的小輪。

好的故事[1]

燈火漸漸地縮小了，在預告石油的已經不多；石油又不是老牌，早熏得燈罩很昏暗。鞭爆的繁響在四近，煙草的煙霧在身邊：是昏沉的夜。

我閉了眼睛，向後一仰，靠在椅背上；捏着《初學記》[2]的手擱在膝髁上。

我在朦朧中，看見一個好的故事。

這故事很美麗，幽雅，有趣。許多美的人和美的事，錯綜起來像一天雲錦，而且萬顆奔星似的飛動着，同時又展開去，以至於無窮。

我彷彿記得曾坐小船經過山陰道[3]，兩岸邊的烏桕，新禾，野花，雞，狗，叢樹和枯樹，茅屋，塔，伽藍[4]，農夫和村婦，村女，曬着的衣裳，和尚，蓑笠，天，雲，竹，……都倒影在澄碧的小河中，隨着每一打槳，各各夾帶了閃爍的

我彷彿記得曾坐小船經過山陰道……

日光，並水裏的萍藻游魚，一同蕩漾。諸影諸物，無不解散，而且搖動，擴大，互相融和；剛一融和，卻又退縮，復近於原形。邊緣都參差如夏雲頭，鑲着日光，發出水銀色焰。凡是我所經過的河，都是如此。

現在我所見的故事也如此。水中的青天的底子，一切事物統在上面交錯，織成一篇，永是生動，永是展開，我看不見這一篇的結束。

河邊枯柳樹下的幾株瘦削的一丈紅[5]，該是村女種的罷。大紅花和斑紅花，都在水裏面浮動，忽而碎散，拉長了，如縷縷的胭脂水，然而沒有暈。茅屋，狗，塔，村女，雲，……也都浮動着。大紅花一朵朵全被拉長了，這時是潑剌奔迸的紅錦帶。帶織入狗中，狗織入白雲中，白雲織入村女中……。在一瞬間，他們又將退縮了。但斑紅花影也已碎散，伸長，就要織進塔，村女，狗，茅屋，雲裏去。

現在我所見的故事清楚起來了，美麗，幽雅，有趣，而且分明。青天上面，有無數美的人和美的事，我一一看見，一一知道。

我就要凝視他們……。

我正要凝視他們時，驟然一驚，睜開眼，雲錦也已皺蹙，凌亂，彷彿有誰擲一塊大石下河水中，水波陡然起立，將整篇的影子撕成片片了。我無意識地趕忙捏住幾乎墜地的《初學記》，眼前還剩着幾點虹霓色的碎影。

我真愛這一篇好的故事，趁碎影還在，我要追回他，完成他，留下他。我拋了書，欠身伸手去取筆，——何嘗有一絲碎影，只見昏暗的燈光，我不在小船裏了。

但我總記得見過這一篇好的故事，在昏沉的夜……。

一九二五年二月二十四日[6]

1 本篇最初發表於一九二五年二月九日《語絲》週刊第十三期。

2 《初學記》：類書名，唐代徐堅等輯，共三十卷。取材於群經、諸子、歷代詩賦及唐初諸家作品。

3 山陰道：指紹興縣城西南一帶風景優美的地方。《世說新語‧言語》說：「王子敬云：從山陰道上行，山川自相映發，使人應接不暇。」

4 伽藍：梵語「僧伽藍摩」（Samghārāma）的略稱，意思是僧眾所住的園林，後泛指寺廟。

5 一丈紅：即蜀葵，莖高六七尺，六月開花，形大，有紅、紫、白、黃等顏色。

6 文末所註寫作日期遲於發表日期，有誤；魯迅一九二五年一月二十八日日記載「作《野草》一篇」，當指本文。

過客[1]

時：

或一日的黃昏。

地：

或一處。

人：

老翁——約七十歲，白鬚髮，黑長袍。

女孩——約十歲，紫髮，烏眼珠，白地黑方格長衫。

過客——約三四十歲，狀態困頓倔強，眼光陰沉，黑鬚，亂髮，黑色短衣褲皆破碎，赤足着破鞋，脇下掛一個口袋，支着等身[2]的竹杖。

東，是幾株雜樹和瓦礫；西，是荒涼破敗的叢葬；其間有一條似路非路的痕跡。一間小土屋向這痕跡開着一扇門；門側有一段枯樹根。

（女孩正要將坐在樹根上的老翁攙起。）

翁——孩子。喂，孩子！怎麼不動了呢？

孩——（向東望着，）有誰走來了，看一看罷。

翁——不用看他。扶我進去罷。太陽要下去了。

孩——我，——看一看。

翁——唉，你這孩子！天天看見天，看見土，看見風，還不夠好看麼？甚麼也不比這些好看。你偏是要看誰。太陽下去時候出現的東西，不會給你甚麼好處的。……還是進去罷。

孩——可是，已經近來了。啊啊，是一個乞丐。

翁——乞丐？不見得罷。

（過客從東面的雜樹間踉蹌走出，暫時躊躇之後，慢慢地走近老翁去。）

客——老丈，你晚上好？

翁——阿，好！託福。你好？

客——老丈，我實在冒昧，我想在你那裏討一杯水喝。我走得渴極了。這地方又沒有一個池塘，一個水窪。

翁——唔，可以可以。你請坐罷。（向女孩）孩子，你拿水來，杯子要洗乾淨。

（女孩默默地走進土屋去。）

翁——客官，你請坐。你是怎麼稱呼的。

客——稱呼？——我不知道。從我還能記得的時候起，我就只一個人。我不知道我本來叫甚麼。我一路走，有時人們也隨便稱呼我，各式各樣地，我也記不清楚了，況且相同的稱呼也沒有聽到過第二回。

翁——啊啊。那麼，你是從哪裏來的呢？

客——（略略遲疑，）我不知道。從我還能記得的時候起，我就在這麼走。

翁——對了。那麼，我可以問你到哪裏去麼？

客——自然可以。——但是，我不知道。從我還能記得的時候起，我就在這麼走，要走到一個地方去，這地方就在前面。我單記得走了許多路，現在來到這裏了。我接着就要走向那邊去，（西指，）前面！

（女孩小心地捧出一個木杯來，遞去。）

客——（接杯，）多謝，姑娘。（將水兩口喝盡，還杯，）多謝，姑娘。這真是少有的好意。我真不知道應該怎樣感激！

翁——不要這麼感激。這於你是沒有好處的。

客——是的，這於我沒有好處。可是我現在很恢復了些力氣了。我就要前去。老丈，你大約是久住在這裏的，你可知道前面是怎麼一個所在麼？

翁——前面？前面，是墳[3]。

客——（詫異地，）墳？

孩——不，不，不的。那裏有許多許多野百合，野薔薇，我常常去玩，去看他們的。

客——（西顧，彷彿微笑，）不錯。那些地方有許多許多野百合，野薔薇，我也常常去玩過，去看過的。但是，那是墳。（向老翁，）老丈，走完了那墳地之後呢？

翁——走完之後？那我可不知道。我沒有走過。

客——不知道?!

孩——我也不知道。

翁——我單知道南邊；北邊；東邊，你的來路。那是我最熟悉的地方，也許倒是於你們最好的地方。你莫怪我多嘴，據我看來，你已經這麼勞頓了，還不如回轉去，因為你前去也料不定可能走完。

客——料不定可能走完？……（沉思，忽然驚起，）那不行！我只得走。回到那裏去，就沒一處沒有名目，沒一處沒有地主，沒一處沒有驅逐和牢籠，沒一處沒有皮面的笑容，沒一處沒有眶外的眼淚。我憎惡他們，我不回轉去！

翁——那也不然。你也會遇見心底的眼淚，為你的悲哀。

客——不。我不願看見他們心底的眼淚，不要他們為我的悲哀！

翁——那麼，你，（搖頭，）你只得走了。

客——是的，我只得走了。況且還有聲音常在前面催促我，叫喚我，使我息不下。可恨的是我的腳早經走破了，有許多傷，流了許多血。（舉起一足給老人看，）因此，我的血不夠了；我要喝些血。但血在哪裏呢？可是我也不願意喝無論誰的血。我只得喝些水，來補充我的血。一路上總有水，我倒也並不感到甚麼不足。只是我的力氣太稀薄了，血裏面太多了水的緣故罷。今天連一個小水窪也遇不到，也就是少走了路的緣故罷。

翁——那也未必。太陽下去了，我想，還不如休息一會的好罷，像我似的。

客——但是，那前面的聲音叫我走。

翁——我知道。

客——你知道？你知道那聲音麼？

翁——是的。他似乎曾經也叫過我。

客——那也就是現在叫我的聲音麼？

翁——那我可不知道。他也就是叫過幾聲，我不理他，他也就不叫了，我也就記不清楚了。

客——唉唉，不理他……。（沉思，忽然吃驚，傾聽着，）不行！我還是走的好。我息不下。可恨我的腳早經走破了。（準備走路。）

孩——給你！（遞給一片布，）裹上你的傷去。

客——多謝，（接取，）姑娘。這真是……。這真是極少有的好意。這能使我可以走更多的路。（就斷磚坐下，要將布纏在踝上，）但是，不行！（竭力站起，）姑娘，還了你罷，還是裹不下。況且這太多的好意，我沒法感激。

翁——你不要這麼感激，這於你沒有好處。

客——是的，這於我沒有甚麼好處。但在我，這佈施是最上的東西了。你看，我全身上可有這樣的。

翁——你不要當真就是。

客——是的。但是我不能。我怕我會這樣：倘使我得到了誰的佈施，我就要像兀鷹看見死屍一樣，在四近徘徊，祝願她的滅亡，給我親自看見；或者咒詛她以外的一切全都滅亡，連我自己，因為我就應該得到咒詛。[4] 但是我還沒有這樣的力量；即使有這力量，我也不願意她有這樣的境遇，因為她們大概總不願意有這樣的境遇。我想，這最穩當。（向女孩，）姑娘，你這布片太好，可是太小一點了，還了你罷。

孩——（驚懼，退後，）我不要了！你帶走！

客——（似笑，）哦哦，……因為我拿過了？

孩——（點頭，指口袋，）你裝在那裏，去玩玩。

客——（頹唐地退後，）但這背在身上，怎麼走呢？……

翁——你息不下，也就背不動。——休息一會，就沒有甚麼了。

客——對咧，休息……。（默想，但忽然驚醒，傾聽。）不，我不能！我還是走好。

翁——你總不願意休息麼？

客——我願意休息。

翁——那麼，你就休息一會罷。

客——但是，我不能……。

翁——你總還是覺得走好麼？

客——是的。還是走好。

翁——那麼，你也還是走好罷。

客——（將腰一伸，）好，我告別了。我很感謝你們。（向着女孩，）姑娘，這還你，請你收回去。

翁——你帶去罷。要是太重了，可以隨時拋在墳地裏面的。

（女孩驚懼，斂手，要躲進土屋裏去。）

孩——（走向前，）啊啊，那不行！

客——啊啊，那不行的。

翁——那麼，你掛在野百合野薔薇上就是了。

孩——（拍手，）哈哈！好！

客——哦哦……。

（極暫時中，沉默。）

翁——那麼，再見了。祝你平安。（站起，向女孩，）孩子，扶我進去罷。你看，太陽早已下去了。（轉身向門。）

客——多謝你們。祝你們平安。（徘徊，沉思，忽然吃驚，）然而我不能！我只得走。我還是走好罷……。（即刻昂了頭，奮然向西走去。）

（女孩扶老人走進土屋，隨即闔了門。過客向野地裏踉蹌地闖進去，夜色跟在他後面。）

一九二五年三月二日

1 本篇最初發表於一九二五年三月九日《語絲》週刊第十七期。

2 等身：和身體一樣高。

3 墳：作者在《寫在〈墳〉後面》中說：「我只很確切地知道一個終點，就是：墳。然而這是大家都知道的，無須誰指引。問題是在從此到那的道路。那當然不只一條，我可正不知哪一條好，雖然至今有時也還在尋求。」

4 作者在一九二五年五月三十日給許廣平的信中說：「同我有關的活着，我倒不放心，死了，我就安心，這意思也在《過客》中說過。」

過客向野地裏蹌踉地闖進去，夜色跟在他後面。

死火[1]

我夢見自己在冰山間奔馳。

這是高大的冰山，上接冰天，天上凍雲瀰漫，片片如魚鱗模樣。山麓有冰樹林，枝葉都如松杉。一切冰冷，一切青白。

但我忽然墜在冰谷中。

上下四旁無不冰冷，青白。而一切青白冰上，卻有紅影無數，糾結如珊瑚網。我俯看腳下，有火焰在。

這是死火。有炎炎的形，但毫不搖動，全體冰結，像珊瑚枝；尖端還有凝固的黑煙，疑這才從火宅[2]中出，所以枯焦。這樣，映在冰的四壁，而且互相反映，化為無量數影，使這冰谷，成紅珊瑚色。

哈哈！

當我幼小的時候，本就愛看快艦激起的浪花，洪爐噴出的烈焰。不但愛看，還想看清。可惜他們都息息變幻，永無定形。雖然凝視又凝視，總不留下怎樣一定的跡象。

死的火焰，現在先得到了你了！

我拾起死火，正要細看，那冷氣已使我的指頭焦灼；但是，我還熬着，將他塞入衣袋中間。冰谷四面，登時完全青白。我一面思索着走出冰谷的法子。

我的身上噴出一縷黑煙，上升如鐵線蛇[3]。冰谷四面，又登時滿有紅焰流動，如大火聚[4]，將我包圍。我低頭一看，死火已經燃燒，燒穿了我的衣裳，流在冰地上了。

「唉，朋友！你用了你的溫熱，將我驚醒了。」他說。

我連忙和他招呼，問他名姓。

「我原先被人遺棄在冰谷中，」他答非所問地說，「遺棄我的早已滅亡，消盡了。我也被冰凍凍得要死。倘使你不給我溫熱，使我重行燒起，我不久就須滅亡。」

「你的醒來，使我歡喜。我正在想着走出冰谷的方法；我願意攜帶你去，使你永不冰結，永得燃燒。」

「唉唉！那麼，我將燒完！」

「你的燒完，使我惋惜。我便將你留下，仍在這裏罷。」

「唉唉！那麼，我將凍滅了！」

「那麼，怎麼辦呢？」

「但你自己，又怎麼辦呢？」他反而問。

「我說過了：我要出這冰谷……。」

「那我就不如燒完！」

當我幼小的時候，本就愛看快艦激起的浪花……

他忽而躍起，如紅彗星，並我都出冰谷口外。有大石車突然馳來，我終於輾死在車輪底下，但我還來得及看見那車就墜入冰谷中。

「哈哈！你們是再也遇不着死火了！」我得意地笑着說，彷彿就願意這樣似的。

一九二五年四月二十三日

1 本篇最初發表於一九二五年五月四日《語絲》週刊第二十五期。

2 火宅：佛家語，《法華經．譬喻品》中說：「三界（按：這裏指欲界、色界、無色界，泛指世界）無安，猶如火宅，眾苦充滿，甚可怖畏，常有生老病 死憂患，如是等火，熾然不息。」

3 鐵線蛇：又名盲蛇，無毒，狀如蚯蚓，是中國最小的一種蛇。分佈於浙江、福建等地。

4 火聚：佛家語，猛火聚集的地方。

狗的駁詰[1]

我夢見自己在隘巷中行走，衣履破碎，像乞食者。

一條狗在背後叫起來了。

我傲慢地回顧，叱吒說：

「呔！住口！你這勢利的狗！」

「嘻嘻！」他笑了，還接着說，「不敢，愧不如人呢。」

「甚麼?!」我氣憤了，覺得這是一個極端的侮辱。

「我慚愧：我終於還不知道分別銅和銀[2]；還不知道分別布和綢；還不知道分別官和民；還不知道分別主和奴；還不知道……」

我逃走了。

「且慢！我們再談談……」他在後面大聲挽留。

我一徑逃走，盡力地走，直到逃出夢境，躺在自己的床上。

一九二五年四月二十三日

---

1 本篇最初發表於一九二五年五月四日《語絲》週刊第二十五期。

2 銅和銀：這裏指錢幣。中國舊時曾通用銅幣和銀幣。

「呔！住口！你這勢利的狗！」

失掉的好地獄[1]

我夢見自己躺在床上，在荒寒的野外，地獄的旁邊。一切鬼魂們的叫喚無不低微，然有秩序，與火焰的怒吼，油的沸騰，鋼叉的震顫相和鳴，造成醉心的大樂[2]，佈告三界[3]：地下太平。

有一偉大的男子站在我面前，美麗，慈悲，遍身有大光輝，然而我知道他是魔鬼。

「一切都已完結，一切都已完結！可憐的鬼魂們將那好的地獄失掉了！」

他悲憤地說，於是坐下，講給我一個他所知道的故事——

「天地作蜂蜜色的時候，就是魔鬼戰勝天神，掌握了主宰一切的大威權的時候。他收得天國，收得人間，也收得地獄。他於是親臨地獄，坐在中央，遍身發大光輝，照見一切鬼眾。

「地獄原已廢弛得很久了：劍樹[4]消卻光芒；沸油的邊際早不騰湧；大火聚有時不過冒些青煙，遠處還萌生曼陀羅花[5]，花極細小，慘白可憐。——那是不足為奇的，因為地上曾經大被焚燒，自然失了它的肥沃。

「鬼魂們在冷油溫火裏醒來，從魔鬼的光輝中看見地獄小花，慘白可憐，被大蠱惑，倏忽間記起人世，默想至不知幾多年，遂同時向着人間，發一聲反獄的絕叫。

「人類便應聲而起，仗義執言，與魔鬼戰鬥。戰聲遍滿三界，遠過雷霆。終於運大謀略，佈大網羅，使魔鬼並且不得不從地獄出走。最後的勝利，是地獄門上也豎了人類的旌旗！

「當鬼魂們一齊歡呼時，人類的整飭地獄使者已臨地獄，坐在中央，用了人類的威嚴，叱吒一切鬼眾。

「當鬼魂們又發一聲反獄的絕叫時，即已成為人類的叛徒，得到永劫沉淪的罰，遷入劍樹林的中央。

「人類於是完全掌握了主宰地獄的大威權，那威棱且在魔鬼以上。人類於是整頓廢弛，先給牛首阿旁[6]以最高的俸草；而且，添薪加火，磨礪刀山，使地獄全體改觀，一洗先前頹廢的氣象。

「曼陀羅花立即焦枯了。油一樣沸；刀一樣銛；火一樣熱；鬼眾一樣呻吟，一樣宛轉，至於都不暇記起失掉的好地獄。

「這是人類的成功，是鬼魂的不幸……。

「朋友，你在猜疑我了。是的，你是人！我且去尋野獸和惡鬼……。」

一九二五年六月十六日

他於是親臨地獄，坐在中央，遍身發大光輝，照見一切鬼眾。

1 本篇最初發表於一九二五年六月二十二日《語絲》週刊第三十二期。作者在《〈野草〉英文譯本序》中說：「但這地獄也必須失掉。這是由幾個有雄辯和辣手，而那時還未得志的英雄們的臉色和語氣所告訴我的。我於是作《失掉的好地獄》。」寫作本篇一個多月前，作者在《雜語》（《集外集》）中概括辛亥革命後軍閥混戰給民眾帶來的深重災難時曾說：「稱為神的和稱為魔的戰鬥了，並非爭奪天國，而在要得地獄的統治權。所以無論誰勝，地獄至今也還是照樣的地獄。」

2 醉心的大樂：使人沉醉的音樂。這裏的「大」和下文的「大威權」、「大火聚」等詞語中的「大」，都是模仿古代漢譯佛經的語氣。

3 三界：這裏指天國、人間、地獄。源自原始宗教薩滿教的基本概念。

4 劍樹：佛教所說的地獄酷刑。《太平廣記》卷三八二引《冥報拾遺》：「至第三重門，入見鑊湯及刀山劍樹。」

5 曼陀羅花：曼陀羅，亦稱「風茄兒」，茄科，一年生有毒草本。佛經說，曼陀羅花白色而有妙香，花大，見之者能適意，故也譯作適意花。

6 牛首阿旁：佛教傳說中地獄裏牛頭人身的鬼卒。東晉曇無蘭譯《五苦章句經》中說：「獄卒名阿傍，牛頭人手，兩腳牛蹄，力壯排山，持鋼鐵叉。」

墓碣文[1]

我夢見自己正和墓碣[2]對立，讀着上面的刻辭。那墓碣似是沙石所製，剝落很多，又有苔蘚叢生，僅存有限的文句——

……於浩歌狂熱之際中寒；於天上看見深淵。於一切眼中看見無所有；於無所希望中得救。……

……有一遊魂，化為長蛇，口有毒牙。不以嚙人，自嚙其身，終以殞顛[3]。……

……離開！……

我繞到碣後，才見孤墳，上無草木，且已頹壞。即從大闕口中，窺見死屍，胸腹俱破，中無心肝。而臉上卻絕不顯哀樂之狀，但蒙蒙如煙然。

我在疑懼中不及回身，然而已看見墓碣陰面的殘存的文句——

……抉心自食，欲知本味。創痛酷烈，本味何能知？……

……痛定之後，徐徐食之。然其心已陳舊，本味又何由知？……

……答我。否則，離開！……

我就要離開。而死屍已在墳中坐起，口唇不動，然而說——

「待我成塵時，你將見我的微笑！」

我疾走，不敢反顧，生怕看見他的追隨。

一九二五年六月十七日

---

1 本篇最初發表於一九二五年六月二十二日《語絲》週刊第三十二期。

2 墓碣：圓頂的墓碑。

3 殞顛：死亡。

墓！

頹敗線的顫動[1]

我夢見自己在做夢。自身不知所在，眼前卻有一間在深夜中緊閉的小屋的內部，但也看見屋上瓦松[2]的茂密的森林。

板桌上的燈罩是新拭的，照得屋子裏份外明亮。在光明中，在破榻上，在初不相識的披毛的強悍的肉塊底下，有瘦弱渺小的身軀，為飢餓，苦痛，驚異，羞辱，歡欣而顫動。弛緩，然而尚且豐腴的皮膚光潤了；青白的兩頰泛出輕紅，如鉛上塗了胭脂水。

燈火也因驚懼而縮小了，東方已經發白。

然而空中還瀰漫地搖動着飢餓，苦痛，驚異，羞辱，歡欣的波濤……。

「媽！」約略兩歲的女孩被門的開闔聲驚醒，在草席圍着的屋角的地上叫起來了。

「還早哩，再睡一會罷！」她驚惶地說。

「媽！我餓，肚子痛。我們今天能有甚麼吃的？」

「我們今天有吃的了。等一會有賣燒餅的來，媽就買給你。」她欣慰地更加緊捏着掌中的小銀片，低微的聲音悲涼地發抖，走近屋角去一看她的女兒，移開草席，抱起來放在破榻上。

「還早哩，再睡一會罷。」她說着，同時抬起眼睛，無可告訴地一看破舊的屋頂以上的天空。

空中突然另起了一個很大的波濤，和先前的相撞擊，迴旋而成漩渦，將一切並我盡行淹沒，口鼻都不能呼吸。

我呻吟着醒來，窗外滿是如銀的月色，離天明還很遼遠似的。

東方已經發白。

我自身不知所在，眼前卻有一間在深夜中緊閉的小屋的內部，我自己知道是在續着殘夢。可是夢的年代隔了許多年了。屋的內外已經這樣整齊；裏面是青年的夫妻，一群小孩子，都怨恨鄙夷地對着一個垂老的女人。

「我們沒有臉見人，就只因為你，」男人氣忿地說。「你還以為養大了她，其實正是害苦了她，倒不如小時候餓死的好！」

「使我委屈一世的就是你！」女的說。

「還要帶累了我！」男的說。

「還要帶累他們哩！」女的說，指着孩子們。

最小的一個正玩着一片乾蘆葉，這時便向空中一揮，彷彿一柄鋼刀，大聲說道：

「殺！」

那垂老的女人口角正在痙攣，登時一怔，接着便都平靜，不多時候，她冷

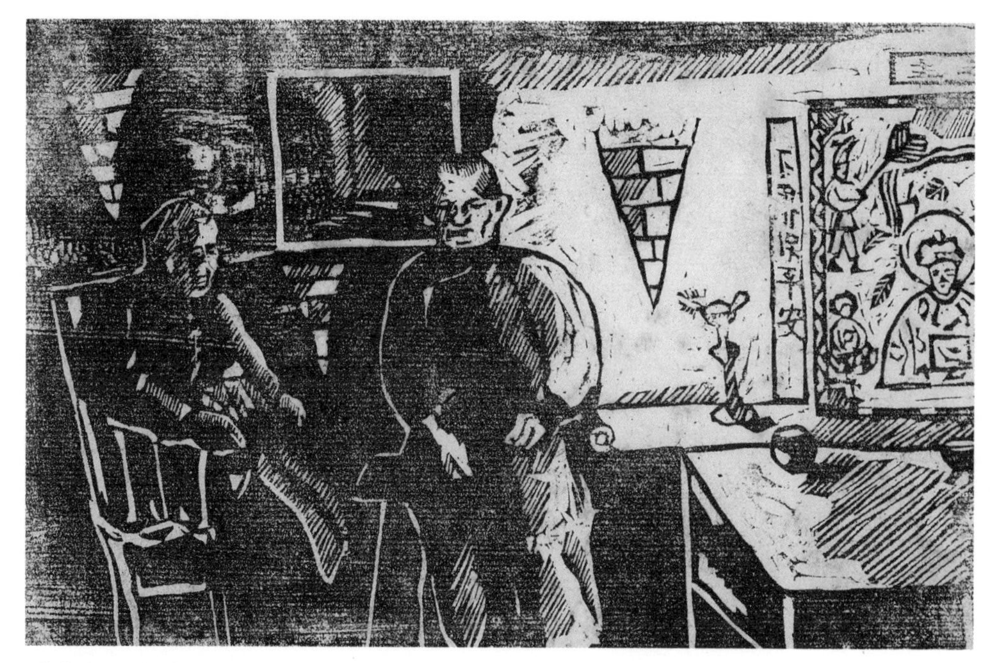

「你還以為養大了她，其實正是害苦了她，倒不如小時候餓死的好！」

靜地，骨立的石像似的站起來了。她開開板門，邁步在深夜中走出，遺棄了背後一切的冷罵和毒笑。

她在深夜中盡走，一直走到無邊的荒野；四面都是荒野，頭上只有高天，並無一個蟲鳥飛過。她赤身露體地，石像似的站在荒野的中央，於一刹那間照見過往的一切：飢餓，苦痛，驚異，羞辱，歡欣，於是發抖；害苦，委屈，帶累，於是痙攣；殺，於是平靜。……又於一刹那間將一切併合：眷念與決絕，愛撫與復仇，養育與殲除，祝福與咒詛……。她於是舉兩手盡量向天，口唇間漏出人與獸的，非人間所有，所以無詞的言語。

當她說出無詞的言語時，她那偉大如石像，然而已經荒廢的，頹敗的身軀的全面都顫動了。這顫動點點如魚鱗，每一鱗都起伏如沸水在烈火上；空中也即刻一同振顫，彷彿暴風雨中的荒海的波濤。

她於是抬起眼睛向着天空，並無詞的言語也沉默盡絕，唯有顫動，輻射若

她赤身露體地，石像似的站在荒野的中央，於一剎那間照見過往的一切……

太陽光，使空中的波濤立刻迴旋，如遭颶風，洶湧奔騰於無邊的荒野。我夢魘了，自己卻知道是因為將手擱在胸脯上了的緣故；我夢中還用盡平生之力，要將這十分沉重的手移開。

一九二五年六月二十九日

1 本篇最初發表於一九二五年七月十三日《語絲》週刊第三十五期。

2 瓦松：又名「向天草」或「昨葉荷草」。叢生在瓦縫中，葉針狀，初生時密集短莖上，遠望如松樹，故名。

立論[1]

我夢見自己正在小學校的講堂上預備作文，向老師請教立論的方法。

「難！」老師從眼鏡圈外斜射出眼光來，看着我，說：「我告訴你一件事——

「一家人家生了一個男孩，闔家高興透頂了。滿月的時候，抱出來給客人看，——大概自然是想得一點好兆頭。

「一個說：『這孩子將來要發財的。』他於是得到一番感謝。

「一個說：『這孩子將來要做官的。』他於是收回幾句恭維。

「一個說：『這孩子將來是要死的。』他於是得到一頓大家合力的痛打。

「說要死的必然，說富貴的許謊。但說謊的得好報，說必然的遭打。

你……」

「我願意既不謊人，也不遭打。那麼，老師，我得怎麼說呢？」

「那麼，你得說：『啊呀！這孩子呵！您瞧！多麼……。哎唷！哈哈！Hehe! He, hehehehe!』[2]」

一九二五年七月八日

1 本篇最初發表於一九二五年七月十三日《語絲》週刊第三十五期。

2 「Hehe! He, hehehehe!」：象聲詞，即「嘿嘿！嘿，嘿嘿嘿嘿！」

死後[1]

我夢見自己死在道路上。

這是哪裏，我怎麼到這裏來，怎麼死的，這些事我全不明白。總之，待到我自己知道已經死掉的時候，就已經死在那裏了。

聽到幾聲喜鵲叫，接着是一陣烏老鴉。空氣很清爽，——雖然也帶些土氣息，——大約正當黎明時候罷。我想睜開眼睛來，他卻絲毫也不動，簡直不像是我的眼睛；於是想抬手，也一樣。

恐怖的利鏃忽然穿透我的心了。在我生存時，曾經玩笑地設想：假使一個人的死亡，只是運動神經的廢滅，而知覺還在，那就比全死了更可怕。誰知道我的預想竟的中[2]了，我自己就在證實這預想。

聽到腳步聲，走路的罷。一輛獨輪車從我的頭邊推過，大約是重載的，軋軋地叫得人心煩，還有些牙齒齼。很覺得滿眼緋紅，一定是太陽上來了。那麼，我的臉是朝東的。但那都沒有甚麼關係。切切嚓嚓的人聲，看熱鬧的。他們踹起黃土來，飛進我的鼻孔，使我想打噴嚏了，但終於沒有打，僅有想打的心。

陸陸續續地又是腳步聲，都到近旁就停下，還有更多的低語聲：看的人多起來了。我忽然很想聽聽他們的議論。但同時想，我生存時說的甚麼批評不值一笑的話，大概是違心之論罷：才死，就露了破綻了。然而還是聽；然而畢竟得不到結論，歸納起來不過是這樣——

「死了？……」

「嗡。——這……」

「哼！……」

「嘖。……唉！……」

待到我自己知道已經死掉的時候，就已經死在那裏了。

我十分高興，因為始終沒有聽到一個熟識的聲音。否則，或者害得他們傷心；或則要使他們快意；或則要使他們加添些飯後閒談的材料，多破費寶貴的工夫；這都會使我很抱歉。現在誰也看不見，就是誰也不受影響。好了，總算對得起人了！

但是，大約是一個螞蟻，在我的脊樑上爬着，癢癢的。我一點也不能動，已經沒有除去他的能力了；倘在平時，只將身子一扭，就能使他退避。而且，大腿上又爬着一個哩！你們是做甚麼的？蟲豸？！

事情可更壞了：嗡的一聲，就有一個青蠅停在我的顴骨上，走了幾步，又一飛，開口便舐我的鼻尖。我懊惱地想：足下，我不是甚麼偉人，你無須到我身上來尋做論的材料……。但是不能說出來。他卻從鼻尖跑下，又用冷舌頭來舐我的嘴唇了，不知道可是表示親愛。還有幾個則聚在眉毛上，跨一步，我的毛根就一搖。實在使我煩厭得不堪，——不堪之至。

忽然，一陣風，一片東西從上面蓋下來，他們就一同飛開了，臨走時還說——

「惜哉！……」

我憤怒得幾乎昏厥過去。

木材摔在地上的鈍重的聲音同着地面的震動，使我忽然清醒，前額上感着蘆席的條紋。但那蘆席就被掀去了，又立刻感到了日光的灼熱。還聽得有人說——

「怎麼要死在這裏？……」

這聲音離我很近，他正彎着腰罷。但人應該死在哪裏呢？我先前以為人在地上雖沒有任意生存的權利，卻總有任意死掉的權利的。現在才知道並不然，也很難適合人們的公意。可惜我久沒了紙筆；即有也不能寫，而且即使寫了也沒有地方發表了。只好就這樣地抛開。

有人來抬我，也不知道是誰。聽到刀鞘聲，還有巡警在這裏罷，在我所不應該「死在這裏」的這裏。我被翻了幾個轉身，便覺得向上一舉，又往下一沉；又聽得蓋了蓋，釘着釘。但是，奇怪，只釘了兩個。難道這裏的棺材釘，是只釘兩個的麼？

我想：這回是六面碰壁，外加釘子。真是完全失敗，嗚呼哀哉了！……

「氣悶！……」我又想。

然而我其實卻比先前已經寧靜得多，雖然知不清埋了沒有。在手背上觸到草席的條紋，覺得這屍衾倒也不惡。只不知道是誰給我化錢的，可惜！但是，可惡，收斂的小子們！我背後的小衫的一角皺起來了，他們並不給我拉平，現在抵得我很難受。你們以為死人無知，做事就這樣地草率麼？哈哈！

我的身體似乎比活的時候要重得多，所以壓着衣皺便格外的不舒服。但我想，不久就可以習慣的；或者就要腐爛，不至於再有甚麼大麻煩。此刻還不如靜靜地靜着想。

「您好？您死了麼？」

是一個頗為耳熟的聲音。睜眼看時，卻是勃古齋舊書舖的跑外的小夥計。不見約有二十多年了，倒還是那一副老樣子。我又看看六面的壁，委實太毛糙，簡直毫沒有加過一點修刮，鋸絨還是毛毿毿的。

「那不礙事，那不要緊。」他說，一面打開暗藍色布的包裹來。「這是明板《公羊傳》[3]，嘉靖黑口本[4]，給您送來了。您留下它罷。這是……。」

「你！」我詫異地看定他的眼睛，說，「你莫非真正糊塗了？你看我這模樣，還要看甚麼明板？……」

「那可以看，那不礙事。」

我即刻閉上眼睛，因為對他很煩厭。停了一會，沒有聲息，他大約走了。但是似乎一個螞蟻又在脖子上爬起來，終於爬到臉上，只繞着眼眶轉圈子。

萬不料人的思想，是死掉之後也還會變化的。忽而，有一種力將我的心的平安衝破；同時，許多夢也都做在眼前了。幾個朋友祝我安樂，幾個仇敵祝我滅亡。我卻總是既不安樂，也不滅亡地不上不下地生活下來，都不能副任何一面的期望。現在又影一般死掉了，連仇敵也不使知道，不肯贈給他們一點惠而不費的歡欣。……

我覺得在快意中要哭出來。這大概是我死後第一次的哭。

然而終於也沒有眼淚流下；只看見眼前彷彿有火花一閃，我於是坐了起來。

一九二五年七月十二日

只看見眼前彷彿有火花一閃，我於是坐了起來。

1 本篇最初發表於一九二五年七月二十日《語絲》週刊第三十六期。

2 的中：射中靶子。

3 明板《公羊傳》：即《春秋公羊傳》（又作《公羊春秋》）的明代刻本。《公羊傳》是一部闡釋《春秋》的書，相傳為周末齊國人公羊高所作。

4 嘉靖黑口本：中國線裝書籍，書頁中間摺疊的直縫叫做「口」。「口」有「黑口」「白口」的分別：摺縫上下端有黑線的叫做「黑口」，沒有黑線的叫做「白口」。嘉靖（一五二二—一五六六），明世宗的年號。

這樣的戰士[1]

要有這樣的一種戰士——

已不是蒙昧如非洲土人而背着雪亮的毛瑟槍的；也並不疲憊如中國綠營兵而卻佩着盒子炮[2]。他毫無乞靈於牛皮和廢鐵的甲冑；他只有自己，但拿着蠻人所用的，脫手一擲的投槍。

他走進無物之陣，所遇見的都對他一式點頭。他知道這點頭就是敵人的武器，是殺人不見血的武器，許多戰士都在此滅亡，正如炮彈一般，使猛士無所用其力。

那些頭上有各種旗幟，繡出各樣好名稱：慈善家，學者，文士，長者，青年，雅人，君子……。頭下有各樣外套，繡出各式好花樣：學問，道德，國粹，民意，邏輯，公義，東方文明……。

但他舉起了投槍。

他們都同聲立了誓來講說，他們的心都在胸膛的中央，和別的偏心的人類兩樣。他們都在胸前放着護心鏡[3]，就為自己也深信心在胸膛中央的事作證。

但他舉起了投槍。

他微笑，偏側一擲，卻正中了他們的心窩。

一切都頹然倒地；——然而只有一件外套，其中無物。無物之物已經脫走，得了勝利，因為他這時成了戕害慈善家等類的罪人。

但他舉起了投槍。

他在無物之陣中大踏步走，再見一式的點頭，各種的旗幟，各樣的外套……。

但他舉起了投槍。

他走進無物之陣……

他終於在無物之陣中老衰，壽終。他終於不是戰士，但無物之物則是勝者。

在這樣的境地裏，誰也不聞戰叫：太平。

太平……。

但他舉起了投槍！

一九二五年十二月十四日

1 本篇最初發表於一九二五年十二月二十一日《語絲》週刊第五十八期。作者在《〈野草〉英文譯本序》裏說：「《這樣的戰士》，是有感於文人學士們幫助軍閥而作。」

2 毛瑟槍：指德國機械師毛瑟（Mauser）弟兄在十九世紀七十年代設計製造的一種單發步槍，是當時比較先進的武器。綠營兵：一作綠旗兵。清朝兵制：除正黃、正白、正紅、正藍、鑲黃、鑲白、鑲紅、鑲藍等「八旗兵」（以滿族人為主）外，又另募漢人編成軍隊，旗幟採用綠色，叫做綠旗兵。清代中葉以後，綠營兵漸趨衰敗，終被裁廢。盒子炮：即駁殼槍，連發手槍的一種，槍體大，外有特製的木盒，故名。

3 護心鏡：古代戰衣胸前部位鑲嵌的金屬圓片，用以保護胸膛。

聰明人和傻子和奴才[1]

奴才總不過是尋人訴苦。只要這樣，也只能這樣。有一日，他遇到一個聰明人。

「先生！」他悲哀地說，眼淚聯成一線，就從眼角上直流下來。「你知道的。我所過的簡直不是人的生活。吃的是一天未必有一餐，這一餐又不過是高粱皮，連豬狗都不要吃的，尚且只有一小碗……。」

「這實在令人同情。」聰明人也慘然說。

「可不是麼！」他高興了。「可是做工是晝夜無休息的：清早擔水晚燒飯，上午跑街夜磨面，晴洗衣裳雨張傘，冬燒汽爐夏打扇。半夜要煨銀耳，侍候主人要錢；頭錢[2]從來沒份，有時還挨皮鞭……。」

「唉唉……。」聰明人嘆息着，眼圈有些發紅，似乎要下淚。

「先生！我這樣是敷衍不下去的。我總得另外想法子。可是甚麼法子呢？……」

「我想，你總會好起來……。」

「是麼？但願如此。可是我對先生訴了冤苦，又得你的同情和慰安，已經舒坦得不少了。可見天理沒有滅絕……。」

但是，不幾日，他又不平起來了，仍然尋人去訴苦。

「先生！」他流着眼淚說，「你知道的。我住的簡直比豬窠還不如。主人並不將我當人；他對他的叭兒狗還要好到幾萬倍……。」

「混賬！」那人大叫起來，使他吃驚了。那人是一個傻子。

「先生，我住的只是一間破小屋，又濕，又陰，滿是臭蟲，睡下去就咬得真可以。穢氣衝着鼻子，四面又沒有一個窗……。」

「你不會要你的主人開一個窗的麼?」

「這怎麼行?……」

「那麼,你帶我去看去!」

傻子跟奴才到他屋外,動手就砸那泥牆。

「先生!你幹甚麼?」他大驚地說。

「我給你打開一個窗洞來。」

「這不行!主人要罵的!」

「管他呢!」他仍然砸。

「人來呀!強盜在毀咱們的屋子了!快來呀!遲一點可要打出窟窿來了!……」他哭嚷着,在地上團團地打滾。

一群奴才都出來了,將傻子趕走。

聽到了喊聲,慢慢地最後出來的是主人。

「這實在令人同情。」聰明人也慘然説。

「有強盜要來毀咱們的屋子，我首先叫喊起來，大家一同把他趕走了。」他恭敬而得勝地說。

「你不錯。」主人這樣誇獎他。

這一天就來了許多慰問的人，聰明人也在內。

「先生。這回因為我有功，主人誇獎了我了。你先前說我總會好起來，實在是有先見之明……。」他大有希望似的高興地說。

「可不是麼……。」聰明人也代為高興似的回答他。

一九二五年十二月二十六日

1 本篇最初發表於一九二六年一月四日《語絲》週刊第六十期。

2 頭錢：舊時提供賭博場所的人向參與賭博者抽取一定數額的錢，叫做頭錢，也稱「抽頭」。侍候賭博的人，有時也可從中分得若干。

「混賬！」那人大叫起來，使他吃驚了。那人是一個傻子。

「那麼，你帶我去看去！」

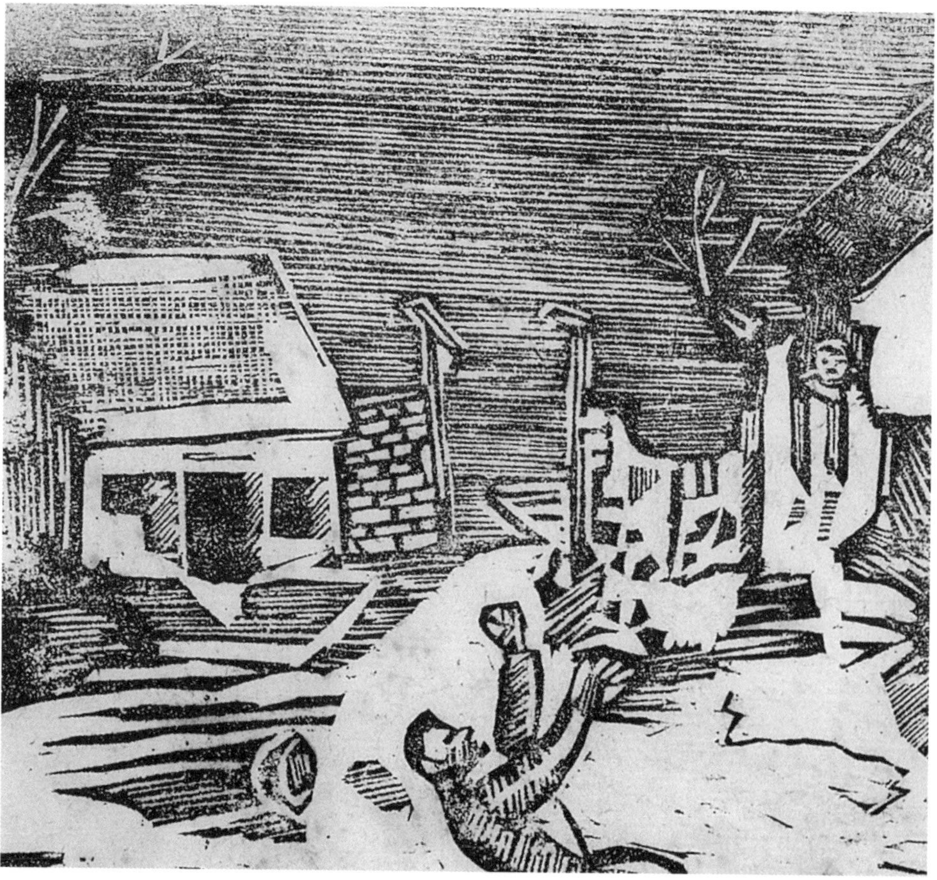

「人來呀！強盜在毀咱們的屋子了！快來呀！遲一點可要打出窟窿來了！……」

「你不錯。」主人這樣誇獎他。

「先生。這回因為我有功，主人誇獎了我了。」

臘葉[1]

燈下看《雁門集》[2]，忽然翻出一片壓乾的楓葉來。

這使我記起去年的深秋。繁霜夜降，木葉多半凋零，庭前的一株小小的楓樹也變成紅色了。我曾繞樹徘徊，細看葉片的顏色，當他青葱的時候是從沒有這麼注意的。他也並非全樹通紅，最多的是淺絳，有幾片則在緋紅地上，還帶着幾團濃綠。一片獨有一點蛀孔，鑲着烏黑的花邊，在紅，黃和綠的斑駁中，明眸似的向人凝視。我自念：這是病葉呵！便將他摘了下來，夾在剛才買到的《雁門集》裏。大概是願使這將墜的被蝕而斑斕的顏色，暫得保存，不即與群葉一同飄散罷。

但今夜他卻黃蠟似的躺在我的眼前，那眸子也不復似去年一般灼灼。假使再過幾年，舊時的顏色在我記憶中消去，怕連我也不知道他何以夾在書裏面的原因了。將墜的病葉的斑斕，似乎也只能在極短時中相對，更何況是葱鬱的呢。看看窗外，很能耐寒的樹木也早經禿盡了；楓樹更何消說得。當深秋時，想來也許有和這去年的模樣相似的病葉的罷，但可惜我今年竟沒有賞玩秋樹的餘閒。

一九二五年十二月二十六日

1 本篇最初發表於一九二六年一月四日《語絲》週刊第六十期。
作者在《〈野草〉英文譯本序》中說：「〈臘葉〉，是為愛我者的想要保存我而作的。」又，許廣平在《因校對〈三十年集〉而引起的話舊》中說，「在《野草》中的那篇〈臘葉〉，那假設被摘下來夾在《雁門集》裏的斑駁的楓葉，就是自況的」。

2 《雁門集》：詩詞集，元代薩都剌（一二七二—一三四零）著。薩氏為回族人，世居山西雁門，故以名書。

看看窗外，很能耐寒的樹木也早經禿盡了。

淡淡的血痕中[1]

——紀念幾個死者和生者和未生者

目前的造物主，還是一個怯弱者。

他暗暗地使天變地異，卻不敢毀滅一個這地球；暗暗地使生物衰亡，卻不敢長存一切屍體；暗暗地使人類流血，卻不敢使血色永遠鮮穠；暗暗地使人類受苦，卻不敢使人類永遠記得。

他專為他的同類——人類中的怯弱者——設想，用廢墟荒墳來襯托華屋，用時光來沖淡苦痛和血痕；日日斟出一杯微甘的苦酒，不太少，不太多，以能微醉為度，遞給人間，使飲者可以哭，可以歌，也如醒，也如醉，若有知，若無知，也欲死，也欲生。他必須使一切也欲生；他還沒有滅盡人類的勇氣。

幾片廢墟和幾個荒墳散在地上，映以淡淡的血痕，人們都在其間咀嚼着人

暗暗地使人類受苦，卻不敢使人類永遠記得。

我的渺茫的悲苦。但是不肯吐棄，以為究竟勝於空虛，各各自稱為「天之僇民」[2]，以作咀嚼着人我的渺茫的悲苦的辯解，而且悚息着靜待新的悲苦的到來。新的，這就使他們恐懼，而又渴欲相遇。

這都是造物主的良民。他就需要這樣。

叛逆的猛士出於人間；他屹立着，洞見一切已改和現有的廢墟和荒墳，記得一切深廣和久遠的苦痛，正視一切重疊淤積的凝血，深知一切已死，方生，將生和未生。他看透了造化的把戲；他將要起來使人類蘇生，或者使人類滅盡，這些造物主的良民們。

造物主，怯弱者，羞慚了，於是伏藏。天地在猛士的眼中於是變色。

一九二六年四月八日

1 本篇最初發表於一九二六年四月十九日《語絲》週刊第七十五期。作者在《〈野草〉英文譯本序》中說：「段祺瑞政府槍擊徒手民眾後，作〈淡淡的血痕中〉。」

2 「天之僇民」：語出《莊子．大宗師》。僇，原作戮。僇民，受刑戮的人。原語是孔子的自稱，意為受人間世俗束縛的人。

一覺[1]

飛機負了擲下炸彈的使命，像學校的上課似的，每日上午在北京城上飛行。[2]每聽得機件搏擊空氣的聲音，我常覺到一種輕微的緊張，宛然目睹了「死」的襲來，但同時也深切地感着「生」的存在。

隱約聽到一二爆發聲以後，飛機嗡嗡地叫着，冉冉地飛去了。也許有人死傷了罷，然而天下卻似乎更顯得太平。窗外的白楊的嫩葉，在日光下發烏金光；榆葉梅也比昨日開得更爛漫。收拾了散亂滿床的日報，拂去昨夜聚在書桌上的蒼白的微塵，我的四方的小書齋，今日也依然是所謂「窗明几淨」。

因為或一種原因，我開手編校那歷來積壓在我這裏的青年作者的文稿了；我要全都給一個清理。我照作品的年月看下去，這些不肯塗脂抹粉的青年們的魂靈便依次屹立在我眼前。他們是綽約的，是純真的，——啊，然而他們苦惱了，呻吟了，憤怒，而且終於粗暴了，我的可愛的青年們！

魂靈被風沙打擊得粗暴，因為這是人的魂靈，我愛這樣的魂靈；我願意在無形無色的鮮血淋漓的粗暴上接吻。縹渺的名園中，奇花盛開着，紅顏的靜女正在超然無事地逍遙，鶴唳一聲，白雲鬱然而起……。這自然使人神往的罷，然而我總記得我活在人間。

我忽然記起一件事：兩三年前，我在北京大學的教員預備室裏，看見進來了一個並不熟識的青年[3]，默默地給我一包書，便出去了，打開看時，是一本《淺草》[4]。就在這默默中，使我懂得了許多話。啊，這贈品是多麼豐饒呵！可惜那《淺草》不再出版了，似乎只成了《沉鐘》[5]的前身。那《沉鐘》就在這風沙澒洞中，深深地在人海的底裏寂寞地鳴動。

野薊經了幾乎致命的摧折，還要開一朵小花，我記得托爾斯泰[6]曾受了很大的感動，因此寫出一篇小説來。但是，草木在旱乾的沙漠中間，拚命伸長他的根，吸取深地中的水泉，來造成碧綠的林莽，自然是為了自己的「生」的，然而使疲勞枯渴的旅人，一見就怡然覺得遇到了暫時息肩之所，這是如何的可以感激，而且可以悲哀的事?!

《沉鐘》的〈無題〉[7]——代啟事——說：「有人說：我們的社會是一片沙漠。——如果當真是一片沙漠，這雖然荒漠一點也還靜肅；雖然寂寞一點也還會使你感覺蒼茫。何至於像這樣的混沌，這樣的陰沉，而且這樣的離奇變幻！」

是的，青年的魂靈屹立在我眼前，他們已經粗暴了，或者將要粗暴了，然而我愛這些流血和隱痛的魂靈，因為他使我覺得是在人間，是在人間活着。

在編校中夕陽居然西下，燈火給我接續的光。各樣的青春在眼前一一馳去了，身外但有昏黃環繞。我疲勞着，捏着紙煙，在無名的思想中靜靜地合了眼晴，看見很長的夢。忽而驚覺，身外也還是環繞着昏黃；煙篆[8]在不動的空氣中上升，如幾片小小夏雲，徐徐幻出難以指名的形象。

一九二六年四月十日

---

1 本篇最初發表於一九二六年四月十九日《語絲》週刊第七十五期。作者在《〈野草〉英文譯本序》中說：「奉天派和直隸派軍閥戰爭的時候，作〈一覺〉。」

2 一九二六年四月，馮玉祥的國民軍和奉系軍閥張作霖、李景林所部作戰期間，國民軍駐守北京，奉軍飛機曾多次飛臨轟炸。

3 當指馮至（一九零五—一九九三），河北涿縣人，詩人。時為北京大學國文系學生。魯迅一九二五年四月三日日記載：「午後往北大講。淺草社員贈《淺草》一卷之四期一本。」

4 《淺草》：文藝季刊，淺草社編。一九二三年三月創刊，在上海印刷出版。共出四期，一九二五年二月停刊。主要作者有林如稷、馮至、陳煒謨、陳翔鶴等。

5 《沉鐘》：文藝刊物，沉鐘社編。一九二五年十月十日在北京創刊。初為週刊，出十期。一九二六年八月改為半月刊，次年一月出至第十二期休刊；一九三二年十月復刊，一九三四年二月出至第三十四期停刊。主要作者除淺草社同人外尚有楊晦等。

6 托爾斯泰（Л. Н. Толстой, 1828-1910）：俄國作家。著有長篇小說《戰爭與和平》、《安娜·卡列尼娜》、《復活》等。這裏說的「一篇小說」，指中篇小說《哈澤·穆拉特》。野薊：即牛蒡花，菊科，草本植物。在《哈澤·穆拉特》序曲開始處，作者描寫有着頑強生命力的牛蒡花，以象徵小說主人公哈澤·穆拉特。

7 〈無題〉：載於《沉鐘》週刊第十期（一九二五年十二月）。

8 煙篆：燃着的紙煙的煙縷，彎曲上升，好似筆畫圓曲的篆字（中國古代的一種字體）。

附錄一

劉峴與魯迅

王人殷

劉峴（一九一五—一九九零）自幼喜愛繪畫，一九三二年十七歲的他看到一本外國小說的封面和插圖，那木刻畫的黑白線條產生的藝術魅力，令他萬分驚異和癡迷，便立志自學木刻。

一

上世紀三十年代中國尚沒有木刻作法之類的書籍，劉峴好不容易找到日本出版的旭正秀著的《木刻作法》和織田一磨著的《版畫作法》，成為他初學木刻的教材。他又從魯迅和柔石編印的木刻畫集《藝苑朝華》中反覆琢磨創作木刻的技法。劉峴在「五四」進步思想的影響下，懷着一腔熱情，用刻圖章的刻刀，竟然刻作了《乞食者》《貧困》《小販》《和平之神下的劊子手》《同志》《馬克思》《伊里奇》等木刻畫以及木炭畫五十多幅，在河南開封市的雙龍巷「蘭封同鄉會」舉辦了《王澤長木刻木炭畫展》（劉峴字澤長），畫展反映了下層勞動者的生活，反響熱烈。當地的《大樑日報》為此刊登專版，「創造社」的文學家葉鼎洛為畫展撰寫了文章，熱情讚揚新興木刻藝術。那個年代創作木刻是與「赤色」「革命」聯繫在一起的，畫展被國民黨當局以「煽動人心」「擾亂治安」為由而被迫停展。

但是，劉峴並未灰心，他非常渴望得到當時已在大力提倡創作木刻的魯迅先生的教導。

中國新文化運動的旗手，左翼文壇的主將魯迅，自一九二九年起大力提倡創作木刻，他認為木刻「是正合於現代中國的一種藝術」「本來就是大眾的藝術」。他說：「西歐各國，近數十年的木刻復興運動，是小資產階層的藝術家掀起來的，但是我們要客觀地把它變成大眾革命的武器」，認為倡導這一大眾藝術正是應了「作者和社會大眾的內心一致要求」是「當革命時，版畫之用最廣，雖極匆忙，頃刻能辦」。魯迅先生研究了中外美術運動的歷史和現狀，認真考察，比較了油畫、國畫等主要繪畫品種的社會作用之後，從中國革命的現實需要，從中國美術的發展出發，來倡導新興木刻運動。魯迅先生為培植和發展木刻藝術，嘔心瀝血，展開了韌性的戰鬥。他選擇、介紹大量的外國版畫書刊和舉辦展覽；悉心扶植新興木刻社團；關注、指導、培養木刻青年的創作；向國外推介中國新興木刻作品。中國新興木刻運動正是在魯迅先生親自倡導和推動下蓬勃發展起來的。

一九三二年初冬，劉峴得知魯迅先生回到北平探親，他便貿然寫信並附上幾幅自己的木刻習作，託北京大學法學院的一位同學設法轉交，但多日未得回音。劉峴又打聽到魯迅先生住在西城宮門口，後又聽說住在西直門內的八道彎。不過他不敢貿然上門求教。但是他想見魯迅的心思一直不肯罷休。

一九三三年，劉峴就讀上海美術專科學校，又打聽到魯迅住在閘北一帶，他忽然想到可以通過出版魯迅著作的書店與之聯繫。於是，他跑到北新書局、開明書店、現代書局，希望詢問到魯迅先生的住址，卻毫無結果。他真感到求師不易啊！但他不灰心，終於打聽到內山書店的老闆內山完造是魯迅的好朋友，他立刻寫了一封信附上自己的木刻，跑到北四川路的「內山書店」。書店是個坐北朝南的小樓，灰色的門面上橫寫着「內山書店」四個大字，兩側的櫥窗裏張貼着新書的廣告。店內兩側貼牆均是由地面至屋頂的書架，店中央背靠背的兩排書架和架前兩條平臺上都陳列着圖書。內山完造是位身材矮小又略胖的日本人，上海話講得很不錯。劉峴說明來意，他當即滿口答應將信轉交給魯迅先生。隨即他又告訴劉峴店內售有日本製造的木刻刀。果然刻刀十分精緻，劉峴原本使用的舊式刻字刀用起來很吃力，而今他第一次操起真正的木刻刀，順手又省力，他如獲至寶極為興奮。

劉峴從內山書店回來後，每天幾次跑到學校傳達室查看有否回信，幾天過去毫無音信。他突然懊悔自己太幼稚、太莽撞，心頭總是惴惴不安。過了大約一週，他突然看到傳達室的信架上插着一個淡黃色的信封，上面寫着：本埠菜市路上海美術專科學校王澤長先生，下端寫着：郭緘。信的內文是寫在較為粗糙的宣紙上的毛筆字。上款是「澤長先生」，落款是「迅」。這無疑是魯迅先生的覆信了！劉峴萬分激動，反覆閱讀信的內容。先生看了他的木刻畫，叮囑他刻木刻首先要打好繪畫的基礎。指出他的幾幅習作的優缺點，並勉勵他要多畫多刻。這封信給予劉峴極大的鼓舞，使他學習木刻的信心更加堅定。不久，他收到內山書店寄來的《德蘇原版木刻畫展覽》的通知和目錄。

畫展在施高塔路（現山陰路）千愛里四十號一個日本人家裏舉辦。兩間面積不大的房間，牆壁上懸掛着蘇聯的法復爾斯基、畢斯坎萊夫、岡察洛夫、克拉甫欽科、波查切斯基，德國的珂勒惠支、梅菲爾德等一百多幅木刻家手拓的作品。中間一張長桌上擺放着日本清水與貞弘龜太郎製造的刻刀和櫻木板。劉峴和幾位美專的同學早早來到展廳。正當大家觀賞時，忽然進來一位身材不高，精神奕奕的老人，身着藏藍色夾袍，頭戴黑色長毛禮帽，腳踏黑色樹膠皮鞋。他很隨便地將帽子擲於桌上，如同在自己家裏。進來的日本人都忙向他致意。劉峴立刻認定這就是他盼望已久渴望見到的魯迅先生了。他們幾個年輕人立時圍攏過去，爭着向先生詢問木刻方面的各種問題。先生興致很高，不時發出爽朗的笑聲，領着大家看展品。然後又抱來幾本畫冊，邊翻邊對大家講木刻的歷史，介紹世界名作，告訴大家如何創作木刻。先生一邊回答問題，一邊將複印的單幅《鐵流》的插圖分送給大家。之後，魯迅先生還將展品編印成《引玉集》以供木刻學子借鑒和師法。展覽會上先生還拿來幾本日本浮世繪的畫冊，逐頁指點給大家看，並說：「對日本浮世繪只能吸取其技巧。」劉峴一直入神地聽着，真覺得茅塞頓開。便上前通報了自己的姓名，魯迅似乎記了起來，微笑着點點頭，告訴劉峴可以到內山書店來見他。

那天，劉峴出了展廳，毛毛細雨落在臉上涼颼颼的，然而他覺得身上暖暖的，心裏漾起從未有的振奮，他反覆回味着魯迅先生的每句話。此後，劉峴多次與魯迅先生見面、通信。據《魯迅日記》的不完全記載，一九三三年一月至一九三六年三月，兩年間劉峴與魯迅來往信件達五十一次，其中劉峴致魯迅信三十七封，魯迅覆信十四封。劉峴寄贈給先生的木刻數量很大（現藏上海魯迅紀念館，收印在一九九四年該館出版的《版畫紀程——魯迅藏中國現代木刻全集》中），劉峴一直把魯迅先生給他的信保存着。一九三七年抗日戰爭爆發後，他將自己的一些木刻作品、書籍和魯迅先生的信收在一隻皮箱內，寄存在上海的一位朋友家。他參加新四軍後到延安，直到上世紀五十年代，這隻皮箱才輾轉回到劉峴手裏。魯迅先生的信件已蕩然無存，只留下一個信封。所幸的是，信中的一些重要內容他已抄錄在本子上，才得以保存下來。

二

劉峴在內山書店與魯迅先生有過多次見面，每每得到先生熱情地關懷和教誨。

劉峴清楚地記得：一次他來到書店門口，看見先生坐在店堂右側靠窗的桌旁，他上前喊了一聲：「周先生」，送上帶來的一卷木刻畫。先生讓他坐下，展開畫卷，看到濕漉漉油墨未乾的畫，便關心地問劉峴：「你印畫用的油墨摻入的煤油是不是太多了？這就不容易乾燥。」接着又耐心地告訴劉峴：「慢慢練習，不可着急。印時要注意清潔，不適用太光滑的印紙。宣紙為好，紙厚又質地鬆，容易吸收墨。」魯迅對劉峴的教導是這麼細緻，劉峴認識了魯迅才真正懂得了木刻創作應該是以刀代筆，以板代紙，放刀直幹，改變了他自學木刻時先繪圖，再依照事先畫好的光線、色調在木板上刻的方法。

劉峴非常欽佩魯迅的作品，便產生了為其插圖的念頭。他徵得先生的同意，着手為《野草》插圖，這也是劉峴的第一本木刻插圖集。劉峴回憶往事時，曾不止一次說：「那時我實在是太年輕，生活閱歷很少，對《野草》這部思想深刻充滿人生哲理的散文詩集理解得十分膚淺。」儘管當年他多次當面或寫信求教於魯迅先生，但他還是只能依照表面的詞意創作成三十三幅插圖。先生認真看了每一幅，熱情地讚揚了其中的《雪》《我的失戀》等幅，指出《聰明人和傻子和奴才》《影的告別》《死》等各幅圖的缺點。魯迅在給劉峴的信裏指出，為文學作品插圖，重要的是通過人物形象的「形」表達出「神」。還說「固然要表達文學作品的內容，但是刻些與內容不甚關連的，藉以抒發畫家的想像力也無不可」。這些話對劉峴日後的插圖創作起到了點撥作用。

那時劉峴刻作的技巧，取自梅菲爾德和達格利秀（英）的木刻技巧，這兩個人的手法、風格迥然不同，因此《野草》插圖的風格也不統一。比如《題詞》第一幅，劉峴根據「地火在地下運行，奔突熔岩一旦噴出，將燒盡一切野草，以及喬木，於是並無可朽腐」這樣一段文字，畫面的刀法橫七豎八，顯得雜亂。魯迅先生看後說「頗似荷蘭梵高的亂草繪法」。不久，劉峴便收到先生寄贈的梵高畫冊，同時叮囑劉峴不要學習怪誕的繪畫方法。為了警惕刀法的凌亂，劉峴把這本畫冊翻開放在桌上，時時對照，提醒自己。因為劉峴對梅菲爾德的刻法很感興趣，魯迅讓他看《普羅列塔利亞藝術講座》裏梅氏的木刻畫，告訴劉峴：「梅菲爾德的刀法很有氣魄，可是寫實功夫差，初學者好像容易學，但往往不易回到寫實的道路上來。」這一提醒使劉峴在習刻中避免了許多彎路。

在內山書店，魯迅有時會領着劉峴到書架前，抽出日本出版的版畫技法書籍，為劉峴細細講解，指出外國版畫家技法的優劣。先生曾說：「平塚運一的刻法很結實有力，技法不壞。」先生在給劉峴的信裏說，永賴義郎的木刻「矯揉造作，畫面空虛，幻想太多，專事趣味，不可效仿。」「前川千帆的刀法不壞。」「日本現在的版畫有一種通病，就是追求神秘化。」魯迅先生尤其推崇法復爾斯基，説「法氏的作品刀法細膩，明快，富有裝飾意味，是位成就極高的木刻大家，這樣的藝術成就沒有很多年的努力，是無法達到這般境地的」。

當劉峴問及一些日本作家時，魯迅在信裏寫道：「來信所舉的日本木刻家，我未聞有專集出版。他們的風氣，都是拚命離開社會，作隱士氣息。作品上，內容是無可學的，只可以採取一點技法。內山書店雜誌部有時有《白卜黑》（手印的）及《版藝術》（機器印的）出售，每本五角，只消一看，日本木刻界的潮流，就大略可見了。」在談及另兩位日本木刻家時，先生説「我也僅在《世界美術全集》中見過，據説明，則此二人之有名，乃因能以濃淡表現出原畫的色彩來（他們大抵是翻刻別人的作品的）；而且含有原畫上所無之一種特色，即木刻的特色。當銅版術尚未盛行之時，這種木刻家也能出名的，但他們都不是創作的木刻家。」他還特別指出「只追求形式技巧容易墮入膚淺，表現主義的木刻技巧可取其部份，多看各種刻法是有意的，但初學還應當寫實，認真」。

魯迅先生關於木刻藝術的寫實性和社會性的主張，對劉峴此後堅持現實主義的創作具有重要的引領意義。

劉峴在為《吶喊》插圖時得到魯迅先生的首肯，並在回信中告訴劉峴：「《吶喊》之圖首頁第一張，如來信所說，當然可以，不過那是『象徵』了，智淺分子是看不懂的，尺寸不也太大了嗎？」（劉峴打算採用二尺長的畫幅）在刻作《阿Q正傳》《風波》《白光》的過程中，劉峴與魯迅的面談和書信來往很多。為了一個人物形象，甚至衣物穿着，劉峴也會去請教先生。劉峴先畫了草圖請先生一一看過。先生看得非常仔細，例如，魯迅在信裏指出「七斤的服飾須改繪，形象嫌得瘦了……」「陳蓮河是儒醫是一個頗為闊綽的大夫，自然開起藥方來總是戴花鏡的」，又說「可以找些參考，服飾是難以想像的，北平和天津人的面型沒有區別，這是無所不可的。寄來的照片上的人文的服飾顯得時間距離太久遠了。故事所寫的人物是南方又是北方，我看不管怎麼樣，重要的是不勉強畫自己所不熟悉的」。《魯迅日記》一九三四年二月二十六日記云：「上午得王慎思信並花紙一束，即覆。」在這一覆信裏，先生對劉峴所作插圖，提出十分具體的意見。例如：「……《黃河水災圖》第二幅最好，第一幅未能表現出『嚎叫』來。《沒有照會哪裏行》倒是好的，很有力，不過天空和岸上的刀法太亂了一點。」「阿Q的像，在我心目中流氓氣還要少一點，在我們那裏有這麼兇相的人物，就可以吃閒飯，不必給人家做工了。趙太爺可以如此。」《魯迅日記》一九三四年五月十八日記云：「得劉峴信並木刻《孔乙己》一本，單片十一幅，夜覆之。」魯迅在覆信中寫道：「……孔乙己的圖，我看是好的，尤其是許多顏面的表情，刻得不壞，和本文略有出入，也不成問題。不過孔乙己是北方的孔乙己，例如騾車，我們那裏就沒有，但這也能如此，而且使我知道假如孔乙己生在北方，也該是這樣一個環境。」劉峴曾多次談到與魯迅先生的交往中，深感先生既嚴肅又熱情，既嚴格又耐心，先生的諄諄教誨使他終生受用。

一九三三年秋，劉峴在上海八仙橋黃金大戲院看話劇《怒吼吧，中國》，演出盛況空前，演到高潮時，觀眾情緒激動，一些人高唱起國際歌。「開槍嗎，倒了一個便有整百整千的起來」這有力的台詞久久縈繞在劉峴耳際，令他熱血沸騰，他按捺不住心中反帝的愛國熱情，立即動手以特力雅可夫的《怒吼吧，中國》為藍本，刻作了二十八幅木刻。在刻作過程中，他得到魯迅先生的熱情支持與幫助，包括指點他到內山書店找尋作者像。先生仔細看過每一幅圖，指出優缺點。在出版《怒吼吧，中國之圖》前，劉峴將故事「說明」和「後記」送給魯迅先生看，先生用毛筆做了文字修改，包括對錯別字的糾正。如，在劉峴敘述刻作過程的最後加上「就這樣子，戲劇是已刻了半部了」，「這才算是告了成功」。對於插圖的風格，先生加上「刻法完全是取意的」。先生還寄給劉峴《一週間》的插圖，在「後記」行文中添加了「並首頁的一幅畫是採自《一週間》中的繪畫的」。意在象徵勞動者沒有生存的權利。當時上海風行色情畫刊和色情文藝，《桃花江》《特別快車》《毛毛雨》等黃色歌曲充斥無線電廣播。木刻表現社會內容和進步思想反遭致一批幫閒文人的攻擊。《上海大晚報》副刊曾以白駱駝筆名的人寫雜文，辱罵「木刻是女人大腿間插枝花的玩藝兒」。魯迅先生在這篇「後記」的末尾特意加上「看木刻是沒有看肉感色彩明星照片及春畫有趣味的，然而於大眾很有益處」。這正是對這幫文人的回擊。也是對木刻青年的教導，更給予劉峴莫大的鼓舞。一九三四年未名木刻社出版了《怒吼吧，中國之圖》，劉峴在扉頁上題寫「魯迅先生指正，峴敬贈」，這本書魯迅一直收藏着，現仍保存在北京魯迅博物館裏。

劉峴刻作的《列寧》《牆》《洪水》《橋畔》《風暴》《討論》《鳥》《野趣》《孔乙己》插圖《風波》插圖等多幅木刻，都是寄贈魯迅後，先生推薦到《太白》《讀書生活》等雜誌上發表的。魯迅先生編印的第一本中國新興木刻集《木刻紀程》（共二十四幅）中，選印了劉峴的《少女》《風景》《奏琴人（樂人）》《風景之一》。一九三三年底魯迅接受法共黨員反帝作家《人道報》主編伐揚．古久烈及夫人《看》雜誌記者達綺．譚麗德的邀請，在中國徵集進步美術作品，赴巴黎展出。一九三四年春魯迅給劉峴信，要劉峴送木刻畫參展，劉峴送去六幅。後來魯迅告訴劉峴推薦了《列寧》《同志（兩工人）》《奏琴人（樂人）》參加一九三四年三月在巴黎皮利埃美術館舉辦的「革命的中國之新藝術展覽」（另三幅因受外國技法影響重而未被推薦）這是中國左翼美術作品，首次走出國門，登上世界藝壇，並獲好評。

劉峴從開封書店街購買了百多張朱仙鎮木版年畫送給魯迅先生（現有一九三三年版的二十六幅珍藏在上海魯迅紀念館），先生十分喜愛。他給劉峴的信中寫道：「……河南門神一類的東西，先前我的家鄉——紹興——也有，也貼在廚門上牆壁上，現在都變了樣了，大抵是石印的。要為大眾所懂得，愛看的木刻，我以為應該盡量採用其方法。不過舊的和此後的新作品，有一點不同，舊的是先知道——故事，後看畫，新的卻要看了畫而知道——故事，所以結構就更難。」「木刻年畫，在紹興稱之謂花紙。我看是好的，刻線粗健有力，不像某些地方印刷的那樣細巧。這些年畫樸實，不染脂粉，人物沒有媚態，色彩濃重，很有鄉土味，具有北方木刻年畫獨有的特色。」又說「過去的木板年畫色彩簡單，這是因為藝術本起源於民間。歐洲十四世紀末與十五世紀的木刻聖畫，所施色彩簡單，大抵用紅藍赭幾種顏色，我看是自中國輸入的。不過比現今朱仙鎮的木刻年畫色彩要淺許多了」。魯迅先生又指出「舊年畫的形式可以採用，技法應不斷更新，才能夠適合繪製新內容的故事。舊的技法是不足表現現代人的生活的……」他還告訴劉峴，朱仙鎮年畫已被日本出版的《世界美術全集》收入。在中國朱仙鎮年畫已然失傳多年，正是魯迅先生保留的這二十六幅朱仙鎮年畫孤本，為這一古老藝術留下了火種。上世紀八十年代劉峴回到開封，特意推介了朱仙鎮年畫及年畫社的發展，努力使這一民間藝術得以傳承。

三

一九三三年十一月，劉峴在上海美專發起組織木刻愛好者社團，最初定名為「〇〇木刻社」，不久更名為「無名木刻社」，意即無名之輩；一九三四年十月定名「未名木刻社」。成員以上海美專的學生為主，也有復旦大學、光華大學的學生。大家有共同的志向——用木刻反映社會生活，傳達勞苦大眾之疾苦——「用拳頭煉成鐵一般硬，那時我們就擊中了敵人的命」。因為劉峴先於大家學習木刻，所以還擔負着教大家刻作和拓印的方法。各自分頭刻作，有了新作便一起品頭論足，共同研究。木刻社以學習研究木刻作法和出版社員的作品展開活動。

一九三三年冬，木刻社手拓了第一本《〇〇木刻集》，封面是淡藍色粉畫紙，上有紅色印的劉峴創作的《探望》，內收有劉峴、黃新波的刻作共十幅，手拓了三十冊。之後五年間，相繼出版了《木刻集》《無名木刻集》《未名木刻選》《孔乙己畫集》《子夜之圖》《罪與罰》《木刻新輯》等十多種畫集。木刻集均由內山書店、上海雜誌公司、群眾雜誌公司出售。一九三七年「七七事變」爆發後還出版了《抗戰版畫》《木刻雕法談》，直到抗戰形勢緊迫，南京陷落，未名木刻社才不得不告一結束。

未名木刻社自成立就得到魯迅先生的熱情扶植與關懷。在劉峴的邀請下，魯迅先生親自為《無名木刻集》寫了序言。當時，劉峴拿到序言的手稿異常興奮，連夜在燈下上板刻作，可是由於天氣炎熱，加之經驗不足，原文被汗水浸破。劉峴只好又去請先生重寫一張。魯迅面對這個年輕人的請求，沒有絲毫責備，欣然允諾，很快又將序言寫好。劉峴在木板上刻成陰文，印在木刻集首頁。全文如下：

用幾柄雕刀，一塊木板，製成許多藝術品，傳佈於大眾中者，是現代的木刻。

木刻是中國所固有的，而久被埋沒於地下了。現在要復興，但是充滿着新的生命。

新的木刻是剛健，分明，是新的青年的藝術，是好的大眾的藝術。

這些作品，當然只不過一點萌芽，然而要有茂林嘉卉，卻非現有這萌芽不可。

這是極值得紀念的。

一九三四年三月十四日魯迅

向。

〈序言〉不僅引領了劉峴的木刻道路，也為中國新興木刻運動指引了方向。

劉峴多次說：「是魯迅先生為我的人生指明了方向，奠定了我的藝術觀，成就了我的藝術道路。」他一生創作了多幅魯迅肖像，以表達他對恩師的崇敬和深深的懷念。

附錄二

劉峴油彩粉筆畫插圖十三幅

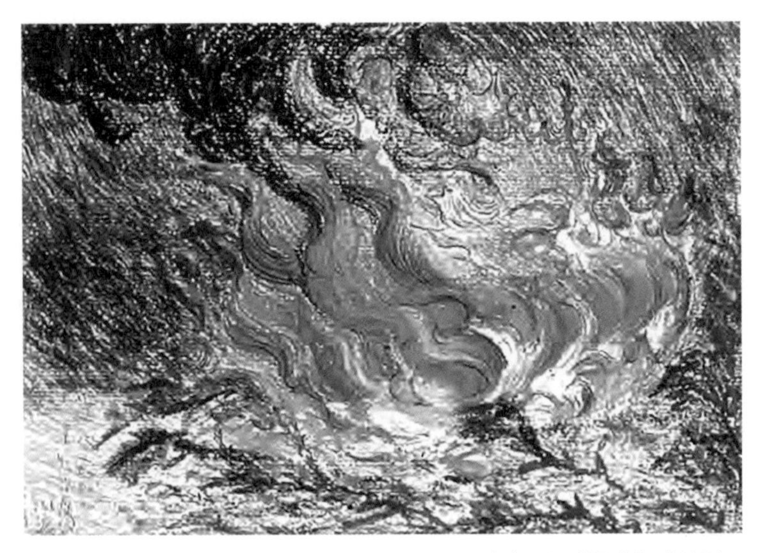

地火（〈題辭〉插圖）

秋夜（〈秋夜〉插圖一）

粉紅的花（〈秋夜〉插圖二）

貓頭鷹（〈我的失戀〉插圖）

曠野（〈復仇〉插圖）

希望（〈希望〉插圖）

雪（〈雪〉插圖）

花影（〈好的故事〉插圖一）

好的故事（〈好的故事〉插圖二）

火種（〈死火〉插圖）

狗的駁詰（〈狗的駁詰〉插圖）

孤墳（〈墓碣文〉插圖）

戰士（〈這樣的戰士〉插圖）

野草 劉峴插圖本

作者　魯迅
插圖　劉峴
責任編輯　林苑鶯
美術編輯　郭志民

出　版　天地圖書有限公司
香港黃竹坑道四十六號新興工業大廈十一樓（總寫字樓）
電話：2528 3671　傳真：2865 2609
香港灣仔莊士敦道三十號地庫（門市部）
電話：2865 0708　傳真：2861 1541

印　刷　亨泰印刷有限公司
香港柴灣利眾街德景工業大廈十字樓
電話：2896 3687　傳真：2558 1902

發　行　聯合新零售（香港）有限公司
香港新界荃灣德士古道二二〇至二四八號荃灣工業中心十六樓
電話：2150 2100　傳真：2407 3062

出版日期　二〇二三年四月初版・香港

ISBN：978-988-8550-64-7

本書繁體字版由人民文學出版社授權天地圖書有限公司出版發行。